葉隠の婿

あっぱれ毬谷慎十郎 七

坂岡 真

時代小説文庫

角川春樹事務所

目次

主な登場人物紹介

❖ **毬谷慎十郎** まりや・しんじゅうろう
父に勘当され、播州龍野藩を飛び出し
江戸へ出てきて道場破りを繰り返す。
若さ溢れながらも剛毅で飾り気がなく、
虎のような猛々しさを持つ男。

❖ **咲** さき
双親を幼い頃に亡くし、祖父に育てられた。
負けん気が強く、剣に長けている。
神道無念流の館長・斎藤弥九郎に頼まれ
出稽古に出るほどの腕前を持つ。

❖ **丹波一徹** たんば・いってつ
丹波道場の主。かつて御三家の剣術指南役を
務めたほどの剣客で、孫娘の咲に剣を教えた。
今は隠居生活を送っている。

❖ **脇坂中務大輔安董** わきさか・なかつかさたいふ・やすただ
幕政に与る江戸城本丸老中。播州龍野藩の藩主であり、
世情の不安を取りのぞくべく陰で動いている。

❖ **赤松豪右衛門** あかまつ・ごうえもん
龍野藩江戸家老。藩主安董の命を受け、
慎十郎を陰の刺客として働かせようとしている。

❖ **石動友之進** いするぎ・とものしん
横目付。足軽の家に生まれながらも剣の技倆を認められ、
江戸家老直属の用人に抜擢された。慎十郎とは、
幼い頃より毬谷道場でしのぎを削った仲である。

葉隠の婿

あっぱれ毬谷慎十郎〈七〉

虎帰る

一

　ときに、ことばは人生を決定づけるほどの力を持つ。

「それ剣は瞬息、心気力一致《しんきりよくいっち》。斬《き》り結ぶ太刀《たち》の下こそ地獄なれ、踏み込み見れば後は極楽」

　当代随一《ずいいち》の剣豪と評される千葉周作《ちばしゅうさく》に授けられたことばを、髪も髭《ひげ》も伸び放題のむさ苦しい若侍がつぶやいている。

　一年余の廻国《かいこく》修行から舞いもどった毬谷慎十郎《まりやしんじゅうろう》であった。

「江戸は何やら、いっそう住みづらくなったようだな」

　老中首座の水野越前守忠邦《みずのえちぜんのかみただくに》が幕政の舵取《かじと》りを任されてからというもの、頻発する奢《しゃ》修《し》禁止令によって町の灯は消えたも同然となった。

派手な衣裳《いしよう》の商人はみかけなくなり、娘たちの髪からは簪《かんざし》すらも消えた。金目のものはすべて供出させられ、溶かされたのちは質の劣る天保《てんぽう》小判や天保銭になりかわる。町奉行所の同心や岡《おか》っ引《び》きは誰《だれ》かの粗探しに奔走し、隣近所の贅沢《ぜいたく》を密訴した者には褒美《ほうび》まで出る。仲間同士の信頼は希薄になり、人々の心は殺伐《さつばつ》としていた。

「目から鼻に抜けるとは、越前のことじゃ。弁舌で勝る者はおらぬ」

幕閣で最古参となった老中の脇坂中務大輔安董《わきさかなかつかさたいふやすただ》は側近に嘆《なげ》いたらしいが、もちろん、市中を熊《くま》のように彷徨《さまよ》う慎十郎の耳には届いていない。

安董からは「藩に帰参せよ」と、直々に命じられたこともあった。播州龍野《ばんしゆうたつの》藩五万一千石の馬廻《うままわ》り役に取りたててもよいと、ありがたいことばまで頂戴《ちようだい》したものの、安董や藩に縛られるのを嫌って色よい返事をしなかった。

「破格の待遇を蹴《け》りおって。まさに、おぬしは糸の切れた凧《たこ》も同然よの」

江戸家老の赤松豪右衛門《あかまつごうえもん》は白い眉《まゆ》をひそめたが、唯一の心残りは静乃《しずの》という赤松の孫娘に目見得《めみえ》できる機会を失ったことだ。

いや、むしろ、静乃よりも心を寄せていたのは、咲《さき》という丹波《たんば》一徹《いつてつ》の孫娘のほうであったかもしれぬ。寝食ともに世話を掛けた丹波道場の女剣士で、可憐《かれん》な外見とはうらはらに勝ち気な性分をしていた。

別れが辛《つら》くなるとおもい、一徹や咲には黙って江戸を離れたのだ。

故郷の龍野で暮らしていたときも、故郷と藩を捨てて江戸へ出てきてからも、何事かを成し遂げたいのに何事も成せずにいた。確かに生きることの証《あか》しを得んがため旅に出たが、今にしておもえば廻国修行は言い訳にすぎず、何もかもが面倒臭くなり、日々の鬱陶《うっとう》しさから逃れたかっただけなのかもしれない。

ともあれ、慎十郎はひとまわり大きくなって舞いもどってきた。

練兵館《れんぺいかん》の斎藤弥九郎《さいとうやくろう》、男谷《おだに》道場の男谷精一郎《せいいちろう》、そして玄武館《げんぶかん》の千葉周作、巨壁となって立ちはだかる三剣豪を破り、名実ともに日の本一の剣士となって故郷に錦《にしき》を飾る。胸に抱いた大志を果たさんがため、ふたたび、江戸の土を踏んだのである。

「されど、腹が空《す》いては戦もできぬ」

小脇《こわき》に抱えた細長い看板には「よろず人助け承《うけたまわ》り候」と、金釘《かなくぎ》流の文字で大書されていた。裸一貫からはじめるべく、今から日本橋に看板を立てるつもりでいる。

「喧嘩《けんか》仲裁、揉《も》め事《ごと》始末、尋ね人捜し、垢擦《あかす》り、対談相手云々《うんぬん》……代金等委細相談のこと」

破《わ》れ鐘《がね》のような声で叫びあげるや、洟垂《はなた》れどもがわいわい集まってくる。

「でかぶつがおるぞ。やあい、食いつめ侍め」

からかわれても、いっこうに平気だった。旅先では悲惨な情景に何度も出会《でくわ》してきた。百姓たちが逃散《ちょうさん》した村では置き捨てられた老人子供の屍骸《むくろ》を目に焼きつけたし、東北の雪山では狼《おおかみ》の群れに囲まれたこともある。心身ともに追いつめられ、修羅場を何度となく乗りこえると、少々のことには動じなくなった。

「おい、芋侍。おぬし、そこで何をする気じゃ」

呼びかけに振りむけば、道場の稽古《けいこ》帰りらしき侍たちが立っている。

「ここは天下の日本橋ぞ。野良犬が居座ってよいところではない」

相手にせず、橋の片隅に看板を立てた。

「こやつ、居直りおったぞ。玄武館の門弟であるわれらを虚仮《こけ》にしおった」

玄武館と聞いて、慎十郎はぎろりと眸子《まなこ》を剝《む》いた。

「それ剣は瞬息、心気力一致。斬り結ぶ太刀の下こそ地獄なれ、踏み込み見れば後は極楽」

吐きすてるや、門弟たちも前のめりになる。

「もしや、それは千葉先生の剣術名歌か。おぬし、何者だ」

「何者でもないわ」

慎十郎は門弟たちに向きなおる。

堂々と胸を張ったすがたは、山門を守る仁王のようだ。

五人の門弟は怯《ひる》み、なかには後退《あとじさ》る者もいる。

だが、ひとりが不運にも何かをみつけた。

「おぬし、ずいぶん長い刀を背に負っておるではないか。何故、腰に差さぬ」

「使わぬためだ」

「何故、使わぬ。それは名刀なのか」

「藤四郎吉光《とうしろうよしみつ》だ」

「嘘《うそ》を吐《つ》くな。藤四郎吉光と申せば、大名もうっかり手にできぬ名刀ぞ」

「嘘ではない」

毬谷家の家宝である。龍野藩きっての剣客として播州一円に名を馳《は》せた父の慎兵衛《しんべえ》が千代田城内に招かれた御前試合で見事な剣技を披露し、前将軍の家斉《いえなり》から下賜《かし》された。紛《まご》う事なき名刀だが、譲られたものではない。盗んできた。

今から三年ほど前、素行不良で父に勘当された夜のはなしだ。

毬谷家に伝わる円明《えんめい》流の修行だけではあきたらず、あらゆる流派の必殺技にたいして返し技のみを修得させる雖井蛙《せいあ》流を学んだ。父の目には邪道と映る風変わりな流派を修めたのち、あろうことか呑《の》み代を稼ぐべく、畿内《きない》一円で道場荒らしをやった。そうした蛮行のあげく、勘当されたのである。

出奔《しゅっぽん》するついでに、御下賜の宝刀を盗んでやった。烈火のごとく怒った父は「みつけ次第、成敗してほしい」との嘆願書を、江戸家老の赤松宛《あて》にしたためたほどであった。

しかし、成敗されずに生きのびた。

型破りで豪放磊落《ごうほうらいらく》な性分が、藩主の安董に気に入られたのだ。

「おい、聞いておるのか、刀を抜いてみせよ」

門弟のひとりが睨《にら》みつけてくる。

慎十郎は睨みかえした。

「断る」

「どうしてもか」

「ああ、どうしてもだ」

「ならば、抜かせてみせよう」

門弟たちは裾《すそ》を割り、腰の刀に手を添える。

どうせ抜く気はなかろうが、抜かせてやるのもおもしろい。

「腰抜けどもの相手をしてやる暇はない」

慎十郎は片頬《かたほお》で微笑《ほほえ》み、底意地悪く煽《あお》ってやった。

「何だと」

思惑どおり、門弟たちは激昂《げっこう》し、一斉に白刃を抜きにかかる。

日本橋を行き来していた通行人たちが驚き、蜘蛛《くも》の子を散らすように逃げた。

慎十郎は宝刀ではなく、欄干に立てかけてあった木刀を手に取った。

五尺はある長い木刀で、叩《たた》き殺した狼の血がどす黒く染みついている。

「いやっ」

やにわに、ひとりが斬りつけてきた。

上段斬りだが、踏みこみは浅い。

「ふん」

慎十郎の上段打ちが、逆しまに相手の右肩を砕いた。

容赦のない一撃に、倒れた相手は泡を吹いて昏倒《こんとう》する。

「ぬうっ」

ほかの四人は仰《の》けぞり、掛かってこようともしない。

太刀筋を間近にみて、実力が天と地ほどもちがうと察したのだ。

それでも、白刃を構えたところへ、黒羽織の同心が駆けてきた。

「おい、おぬしら、天下の往来で何をしておる」

門弟たちは我に返り、気絶した仲間を引きずって退散した。

同心は舌打ちし、頭ひとつ大きい慎十郎に詰めよってくる。

「おぬし、無宿人か。無宿人ならば、人足寄場《にんそくよせば》へ送らねばなるまいぞ」

不忍池《しのばずのいけ》の無縁坂《むえんざか》にある丹波道場の名を出せば、この場は切りぬけられよう。だが、迷惑を掛けることに抵抗があり、慎十郎は返答に窮《きゅう》した。

「どうした、こたえられぬのか」

なおも詰めよられたところへ、脇から近づいてきた人影がある。

「もし、お役人、そこな人物は当家の食客《しょっかく》にござる」

「なにっ、食客だと」

同心が振りむいたさきに、三十前後の痩《や》せた侍が立っていた。

「それがし、幕府勘定方の時崎左内《ときざきさない》にござる」

「もしや、御旗本であられるか」

「いかにも」

同心は恐縮し、一礼してそそくさと去った。

時崎と名乗った男は、慎十郎に笑いかけてくる。

「なあに、番町《ばんちょう》に住む貧乏旗本でござるよ」

謙遜《けんそん》する顔を眺めれば、右目から頬にかけて茶色い痘痕《あばた》が見受けられた。

慎十郎はごくっと唾《つば》を呑み、深々と頭をさげる。

「お助けいただき、申し訳なく存じます」

「なあに、困ったときはおたがいさま。では」

あっさり応じて背中を向け、時崎はすたすた遠ざかっていく。

「世の中捨てたものではないな」

慎十郎は感心しながら痩せた背中を目で追い、素早く看板を片付けるや、日本橋から離れていった。

二

しばらく大路を歩いていると、後ろから誰かに声を掛けられた。

「ちょいと旦那《だんな》」

振りむけば、鯔背《いなせ》な髪型の町人が愛想笑いを受かべている。

「何だ、今日はずいぶんと声を掛けられるな」

「目立つからでござんすよ。魚河岸《うおがし》の一膳《いちぜん》飯屋にちょいと付きあっちゃもらえやせんかね」

「一膳飯屋か」

ぐうっと、腹の虫が鳴る。

「へへ、正直なおひとだ。さ、めえりやしょう」

「いいや、見も知らぬ相手に馳走《ちそう》してもらうわけにはいかぬ」

「痩せ我慢は寿命の毒でござんすよ。何なら、酒もおごりやしょう」

「それはまずい」

拒みつつも、ごくっと生唾《なまつば》を呑みこむ。

「どうせ、いける口なんでしょう」

「まあな」

「へへ、あっしは源六《げんろく》、お武家専門の口入屋《くちいれや》にござんすよ」

「武家専門の口入屋か」

「旦那は図体がでけえだけじゃねえ、お強い。何せ、千葉道場の門弟を一刀で仕留めちまったんだ。是非とも、やっていただきてえ口があるんですよ」

「人斬りと盗みは御免だぞ」

「あったりめえでやんしょ」

「それなら、まあよいか」

歩きながら喋《しゃべ》っているうちに、一膳飯屋のまえに着いた。

魚河岸は賑《にぎ》わっており、気持ちが自然と浮きたってくる。

縄暖簾《のれん》を振りわければ、ぷうんと美味《うま》そうな匂《にお》いが漂ってきた。

ふたりは衝立《ついたて》の奥に座り、さっそく出された安酒で注《つ》ぎつ注がれつしはじめた。

最初は遠慮していた慎十郎だが、二合ほど空けたところで気持ちよくなる。

「赤魚《あこう》の刺身が絶品だな。それと鰤《ぶり》大根、舌が蕩《とろ》けそうだぞ」

などと感激しながら、出された皿はすべて平らげ、酒も三合、五合と空けていく。

頃合《ころあ》い良しと見定めたのか、源六が肝心なことを喋りはじめた。

「じつは、とあるお偉い方の用心棒をやっていただきてえので」

「用心棒か、お安いご用だと言いたいが、お偉いやつというのが気に食わぬ」

「雲井検校《くもいけんぎょう》さまでやすよ」

「検校か」

音曲や鍼灸《はりきゅう》を生業《なりわい》とする盲人たちを束ね、幕府公認の当道座《とうどうざ》という組織《しくみ》のもとで金貸し業も営んでいる。当道座の裾野は広く、定められた位階は、座頭《ざとう》、勾当《こうとう》、別当《べっとう》、検校と出世に応じて七十余におよび、上位の検校にも十の位階があった。最上位の惣《そう》録《ろく》検校ともなれば、広大な拝領屋敷とともに十五万石の大名と同等の権威と格式が与えられている。

男谷精一郎の曾祖父も越後《えちご》生まれの検校であったなと胸につぶやき、慎十郎は手も足も出なかった男谷道場での申し合いにおもいを馳せた。

「雲井検校さまのご出自は播磨《はりま》の姫路《ひめじ》でしてね、たいへんなご苦労をなされたすえに、今の地位に就かれたそうですよ」

「ふうん、姫路か。わしの故郷は隣の龍野だ」

「へえ、そりゃ縁がある。しかも、縁だけじゃねえ。いい金になりやすぜ」

源六は意味ありげに笑いかけてくる。

「検校さまの駕籠《かご》に従《つ》いていくだけで、最低でも月に十両は貰《もら》えやす。しかも、住みこみだから飯の心配もいらねえ。今どき、これだけの口はありやせんぜ」

ほいほい乗ったら、後で莫迦《ばか》をみそうなはなしだが、やってみて嫌なら辞めればよいだけだ。

「まあ、よかろう」

慎十郎はうなずき、注がれた盃《さかずき》をひと息に干した。

「それじゃ、さっそく今から」

急《せ》きたてられて外へ出ると、夕暮れになっていた。

「おお、寒っ」

源六は襟《えり》を寄せる。

北風が裾を攫《さら》っていった。

今日は神無月《かんなづき》の初亥《はつい》、武家でも町屋でも無病息災を祈念して牡丹餅《ぼたもち》を食べ、この日から火鉢や炬燵《こたつ》を使いはじめる。紅葉の見頃でもあるので、名所暦を調べて遊山《ゆさん》におもむく者も大勢あった。

源六に導かれたさきは、芝口《しばぐち》のやや南に位置する源助《げんすけ》町の裏手だ。

高い練塀に囲まれた検校屋敷は、日比谷稲荷《ひびやいなり》にほど近い日蔭町《ひかげちょう》通り沿いにある。

源六は勝手知ったる者のように脇道をたどり、裏木戸を抜けて屋敷の内へはいった。

薄暗がりのなか、しばらく外で待っていると、源六が強面《こわもて》の侍を連れてくる。

「長谷部《はせべ》さま、こちらに」

「今宵《こよい》はひとりか」

「へい、見かけ倒しじゃござんせん。腕のほうは折紙付きで。しかも、播磨のご出身であられやすよ」

「ふうん、播磨か」

長谷部と呼ばれた四十男は身を寄せ、頭のてっぺんから足先まで嘗《な》めるように見下ろす。

「おぬし、刀はどうした。腰に差しておるのは、木刀ではないか」

「それがどうした」

「何っ、無礼であろう」

「無礼はそっちだ。まずは、名乗ってから文句を言え」

殺気が膨らみかけたところへ、源六が割ってはいった。

「まあまあ、気を落ちつけてくだせえ。こちらは、用人頭の長谷部主水《もんど》さまであられやす。そんでもってこちらは、ええと誰でしたっけ」

「毬谷慎十郎だ」

「そうそう、毬谷慎十郎さまでござんす。長谷部さま、十人力でござんすよ。どうか、雇っておくんなさいまし」

「ふん、まあよかろう。おらぬよりはましだ」

「それじゃ、手間賃を」

「ほれ」

長谷部が小粒を何枚か渡すと、源六は独楽鼠《こまねずみ》のように去っていった。

慎十郎は舌打ちし、気に食わぬ用人頭と対峙《たいじ》する。

「ほれ、支度金だ」

驚いたことに、小判を一枚手渡された。

「はたらき次第では手当てを弾む。ただし、命懸けだぞ」

「えっ」

「聞いておらぬのか。検校さまは何者かにお命を狙《ねら》われておる。あきらかに、相手は手練《てだれ》の侍どもだ。おそらく、借金を借りて返せぬ旗本か御家人か、もしくは、そやつらに雇われた野良犬どもであろう。いつ襲われぬともかぎらぬゆえ、腕の立つ用心棒を欲しておったのだ」

「人斬りと盗みはせぬと言うたのに、あいつめ、騙《だま》したな」

「そうとも言えぬ。木刀では人など斬れまい。もっとも、眉間《みけん》を割れば命を断つこともできようがな。ふふ、いずれにしろ、今宵も検校さまは外出なさる。金は払ったゆえ、駕籠の防《ふせぎ》に従いてもらうが、文句はなかろうな」

致し方あるまい。慎十郎はうなずき、屋敷内の用人部屋へ導かれていった。

部屋にはいってみると、悪相の野良犬が二匹、長火鉢のまえで寛《くつろ》いでいる。

「三匹めだ。あと四半刻《しはんとき》（約三十分）もすれば、呼びにくる」

長谷部は背を向けた。

慎十郎は長火鉢に近づき、ぺこりと頭を下げた。

「それがし、毬谷慎十郎と申す」

ひとりが面倒臭そうに応じた。

「名乗らずともよい。どうせ、忘れてしまう」

「そんなことを仰《おっしゃ》らず、名を教えてくだされ」

「ふん、妙なやつだな」

ふたりは冷笑を浮かべ、投げやりな口調で苗字《みょうじ》だけを吐いた。

片耳の無いほうが清水《しみず》、鼻が潰《つぶ》れているほうは稲垣《いながき》というらしい。

どちらも見掛けからして、修羅場を潜《くぐ》ってきた数には自信がありそうだ。

「毬谷とやら、背中に負った長い刀は何だ」

清水に問われ、慎十郎は正直にこたえた。

「藤四郎吉光にござる」

「盗んだのか」

「えっ」

「さもなければ、果たし合いで奪ったのか。どっちだ」

面食らいつつも、実家から盗んだ経緯《いきさつ》をはなしてやった。

「ふうん、益々《ますます》、妙なやつだな。で、その宝刀を抜かぬ気か。ならば、何で闘う。まさか、木刀ではあるまいな」

「いけませぬか」

「ああ、困る。おぬしが斬られるのはかまわぬが、そのおかげで賊を勢いづかせてしまうかもしれぬ。つまり、こっちに迷惑が掛かることになる」

「平気ですよ。おふたりのほうへは、一歩たりとも近づかせぬようにしますから」

「よし、言うたことは守ってもらおう。さもなくば、味方に後ろからばっさり、ということもあるぞ」

「ご冗談を」

「冗談ではない。ひとりが死ねば、そやつの取り分は残ったふたりのものになるのだからな」

「そうなのですか」

驚いた。真実だとすれば、汚い手を使う雇い主だ。

「鍼灸を生業にする座頭から身を起こし、一代で蔵に余るだけの身代を築きあげた。

ふふ、そんなやつが真っ当であるはずもなかろう」

やがて、会話はぷっつり途絶えた。

そこへ、外出のお呼びが掛かった。

三

今日は仏滅なのだと、片耳を欠いた清水が教えてくれた。

慎十郎は宝仙寺《ほうせんじ》駕籠のしんがりに従き、東海道をひたすら南に向かっている。

駕籠の先頭には提灯《ちょうちん》持ちの若い用人がひとり、そのかたわらには用人頭の長谷部が控え、駕籠の左右に清水と稲垣が配された。

防は五人、駕籠かきは手替えを入れて三人、駕籠の主は頭の天頂が尖《とが》った五十男だ。

雲井検校は屋敷の表口から外へ出るなり、道に向かって小判を十枚ほど投げた。

「犬ども、拾え。わしの命を守ったら、拾ったぶんの倍をくれてやるぞ」

清水と稲垣は迷わず、這《は》いつくばって拾った。「どうせみえぬのだ」と、後でふたりは囁《ささや》きあったが、慎十郎にはできなかった。侍の意地とか矜持《きょうじ》とか、そういったものからではない。犬と呼ばれても平気だが、本物の犬にだけはなりたくなかった。

もちろん、背を向けて去ることもできた。そうしなかったのは、雲井検校という肥えた男の死に様をみておきたかったからかもしれない。小判を投げられた時点で、検校の命を守る気は失《う》せていた。

「あん、ほう、あん、ほう」

行く手の夜空には上弦の月がみえる。

駕籠は縄手を突っ切り、品川宿を指呼においた。

向かうさきは鮫洲《さめず》の海晏寺《かいあんじ》、江戸随一と評される紅葉の名所である。

境内の随所に篝火《かがりび》が焚《た》かれ、招かれた特別な連中だけが夜通し紅葉見物を楽しめた。

もちろん、雲井検校にはみえない。

赤や黄という色そのものを知らぬのに、どうやって楽しむのか不思議だった。

長谷部によれば、雲井検校のために真紅《しんく》の毛氈《もうせん》が敷かれ、当代一流の茶人たちが野《の》点《だて》をおこなうという。

もちろん、稀《まれ》にもないことである。

山吹《やまぶき》色の力で開かれる催しだった。

一行は何事もなく品川宿を通過し、海晏寺の山門にたどりついた。

僧侶《そうりよ》たちは雲井検校とみるや、下にも置かぬ態度で出迎える。

おおかた、破格の寄進をおこなっているのだろう。

山門を潜ると、幽玄《ゆうげん》の舞台が待っていた。

境内には点々と篝火が焚かれ、紅葉《もみじ》の古木を浮かびたたせている。

東には蛇腹《じゃばら》紅葉と千貫《せんがん》紅葉、西には花紅葉と浅黄《あさぎ》紅葉、夜空に隆々と梢《こずえ》を伸ばしたすがたは、のたうちながら昇天する龍にもみえた。

「なるほどのう、すばらしい眺めじゃ」

雲井検校は僧侶たちに告げた。

心眼でみえているのだろうか。

それにしては、剣や禅の奥義《おうぎ》を究《きわ》めているふうにはみえない。

俗物なのだ。高利で人に金を貸し、債鬼《さいき》となって執拗《しつよう》な取立をおこない、返せぬとみれば家屋敷を奪い、妻や娘まで悪所へ売り払う。そうすることで蔵を建て、身代を肥《ふと》らせてきた人物にまちがいなかろう。

討たれても当然の悪党ではないかと、慎十郎はおもう。

紅葉茶屋の周囲には毛氈が敷かれ、火鉢がいくつも置かれていた。

すでに、野点は始まっている。

高価そうな着物を纏《まと》った商人たちはもちろん、身分の高い武家らしき者もおり、いずれも珍奇な催しに興味津々《きょうみしんしん》の様子だった。

雲井検校は主役にほかならず、誰もがその一挙手一投足《いっきょしゅいっとうそく》に注目する。

名人と呼ばれる茶人の点《た》てた茶を、作法に則《のっと》って数人で呑みまわした。

雲井検校の所作は堂に入っており、慎十郎もその点だけは見直さざるを得ない。

夜風にからだも冷えてしまうので、茶会はほどもなくお開きとなった。

「されば、みなさま、ひきつづきお楽しみを」

雲井検校は早々に海晏寺を後にし、長谷部の導きで駕籠に乗りこむ。

そして、品川宿の一角にある岡場所を抜け、目黒《めぐろ》川沿いの薄暗い小径《こみち》に向かった。

小さな社のある袋小路に踏みこむと、深奥に黒板塀に囲まれた仕舞屋《しもたや》がある。

「妾宅《しょうたく》だな」

と、清水が囁いた。

どうやら、本来の目途はそれだったらしい。

「検校さま、到着いたしました」

長谷部が声を掛けると、雲井検校は駕籠からのっそり降りてきた。

異変が起こったのはその直後、袋小路の闇《やみ》に何者かが蹲《うずくま》っていた。

「ぬおっ」

白刃を抜きはなち、有無を言わさずに斬りつけてくる。

長谷部が一歩踏みだし、抜き際の一刀で脇胴を剔《えぐ》った。

「ぐはっ」

相手は断末魔の叫びをあげ、地べたに顔を叩きつける。

月代《さかやき》を伸ばした浪人のようだが、闇が深すぎて人相はわからない。

「刺客だ。みなのもの、検校さまをお守りせよ」

長谷部が納刀しながら叫ぶあいだも、周囲には殺気が渦巻《うずま》いていく。

奥で待ちぶせしていた連中にくわえて、入口のほうからも人影が迫ってきた。

「挟み撃ちだぞ」

清水と稲垣も抜刀し、慎十郎も木刀を帯から抜いた。

――きいん。

やにわに金音が響き、提灯持ちの若い用人が声もなく倒れる。

刺客の一刀で袈裟懸《けさが》けにされたのだ。

「ふん」

長谷部がすかさず身を寄せ、相手を一刀で斬り伏せた。

抜きはなった刀を上段に振りあげ、真向幹竹割《まっこうからたけわ》りに額《ひたい》を割ってみせたのだ。

夥《おびただ》しい血が噴きあげ、仕舞屋の軒まで濡《ぬ》らす。
何とも、凄《すさ》まじい居合技《いあいわざ》だな。
慎十郎はおもわず、見入ってしまった。
が、刺客はまだ三人も残っている。
雲井検校はとみれば、駕籠脇に蹲《うずくま》っていた。
駕籠かきたちは露地の片隅に逃げ、じっと息を殺している。
「ぬがっ」
突如、稲垣が右腕を落とされた。
頭巾《ずきん》で顔を隠した刺客が、雲井検校を眼下にとらえる。
「債鬼め、地獄へ逝け」
刺客の白刃が、わずかな月光を映して閃《ひらめ》いた。
慎十郎は突進し、真横から肩でぶつかっていく。
「うしゃ……っ」
頭巾の刺客は吹っ飛び、激突した駕籠ごと横倒しになった。
濛々《もうもう》と塵芥《じんかい》が舞うなか、起きあがった刺客は背筋を伸ばす。
撞木足《しゅもくあし》でどっしり構え、からだの前面に刀を垂直に立てた。

独特の構えだ。

「卜傳《ぼくでん》流、印《いん》の構えか」

「はりゃっ」

裂帛《れっぱく》の気合いとともども、上段から斬りかかってくる。

つぎの瞬間、はらりと頭巾の前が剝《は》がれた。

「あっ」

どちらからともなく、声が漏れる。

暗すぎて人相はわからぬが、顔の右半分は痘痕に覆われていた。

刺客は素早く袖《そで》で顔を隠し、後退りしながら叫びあげる。

「退《ひ》け、退《ひ》け」

刺客たちは離れ、慌ただしく袋小路の向こうへ去っていく。

冷たい地べたには、屍骸《むくろ》が三つ残された。

いや、四つだ。

右腕を失った稲垣も身を痙攣《けいれん》させたのち、ぴくりとも動かなくなった。

「ふたりとふたり、あいこだな」

長谷部が吐きすて、血振りした刀を鞘《さや》に納める。

清水も納刀し、肩で大きく息を吐いた。

長谷部が大股《おおまた》で近づいてくる。

「おぬし、相手の顔をみたか。もしや、疱瘡面ではなかったか」

刺客の正体を知っているような口振りだ。

慎十郎は首を横に振った。

「ふん、さようか。なかなかに手強い相手であったな」

「はあ」

「おぬし、修めた剣の流派は」

「雖井蛙流にござる」

「開祖は因州鳥取藩《いんしゅうとっとり》の深尾角馬《ふかおかくま》か、縁があるな」

「と、仰ると」

「わしの出自は隣の雲州松江《うんしゅうまつえ》でな、修めたのは不傳流《ふでん》の抜刀術だ」

「どうりで」

一刀目の太刀筋は、目にみえぬほど捷《はや》かった。

「おぬしは使えそうだ。宝刀を抜かねば真の力量はわからぬが、倍の手当てで雇って
やってもよい」

「今しばらく、考えてみましょう」

「断るかもしれぬと申すのか」

「何事も命あっての物種《ものだね》。外へ出るたびに襲われては、たまったものではありませぬからな」

「ふふ、臆《おく》したな」

長谷部は冷笑し、くるりと背中を向けた。

気づいてみれば、雲井検校は駕籠に乗りこんでいる。

駕籠かきは棒を担ぎ、今しも出立しようとしていた。

「今宵のお楽しみは無《の》うなった。生臭検校もさぞかし、口惜《くちお》しかろうぜ」

清水が身を寄せ、蔑《さげす》むように囁く。

「おぬし、倍の手当てを断る気か。わしは辞めぬぞ。この口を無くしたら、辻斬《つじぎ》りにでも堕《お》ちるのが関の山だからな」

駕籠は滑るように進みだした。

置き去りにされた屍骸に、清水はおそらく自分のすがたを重ねたのだろう。

痘痕面の刺客が発した台詞《せりふ》が脳裏に甦《よみがえ》ってくる。

——債鬼め、地獄へ逝け。

危うい用心棒稼業をつづけるかどうかはさておき、刺客の正体だけは探ってみようとおもった。

四

刺客が「あっ」と驚いた理由は、やはり、こちらの面相を知っていたからだろう。かりに、そうであったとすれば、日本橋で町方同心から危ういところを救ってくれた人物の名が思い浮かぶ。

――時崎左内。

番町に住む貧乏旗本で、幕府の勘定方をつとめているという。ならば、手っ取り早く本人を探しだし、面と向かって糺《ただ》してみればよい。

慎十郎は翌朝、さっそく番町へ足を向けた。

善國寺《ぜんこくじ》谷を下って辻を曲がれば、同じような武家屋敷が軒を並べており、しばらく彷徨《うろつ》くと森のなかで迷子になったように感じた。

辻番を片っ端から訪ねても、首を横に振られるだけだ。

「名前を言われてもわからぬ。何せ、ここは迷路だ。番町に住んで番町を知らずと、落首にもあるほどでな」

夕方まで歩いても端緒さえ摑《つか》めず、あきらめて呉服橋《ごふくばし》御門のほうへ足を延ばした。御門内の左手には遠山左衛門少尉景元《とおやまさえもんのじょうかげもと》の司る北町奉行所があるものの、そちらへは向かわず、右手の銭瓶橋《ぜにがめ》を渡って御勘定所を訪ねる。

「頼もう、頼もう」

大声を張りあげて粘り、根負けした門番に取次を頼むことができた。

あらわれた若い役人に「時崎左内さまに危急の用件がある」と告げると、奥へ引っこんで古株の役人を連れてくる。

「時崎左内に何か用か」

古株は石段のうえに立ち、迷惑顔でこちらを見下ろしてきた。

慎十郎は居ずまいを正す。

「先だって、窮地を救っていただきました。御礼をせねば、武士の面目が立ちませぬ。時崎さまにお取次願えぬのであれば、御勘定所のお役人につれない仕打ちを受けたと触れてまわりますが、いかがか」

「面倒臭いことを抜かすな。時崎なれば、三月《みつき》ほどまえに蟄居《ちっきょ》の沙汰《さた》を受けた。そのち御役御免となり、番町の屋敷も引き払ったと聞いたが、消息まではわからぬ」

「あいや、お待ちを。何故、時崎さまは御役御免となったのでしょうか」

古株はぎろりと眸子《まなこ》を剝き、口をへの字に曲げた。

「騒がずに去ると約束すれば、教えてやってもよい」

「約束いたします」

「あやつの顔は知っておろう」

「無論、存じておりますが」

「ならば、察しもつこう。痘痕面が組頭に嫌われてな、可哀相《かわいそう》に公金着服の濡《ぬ》れ衣《ぎぬ》を着せられたのだ」

「えっ、濡れ衣にござるか」

「しっ、あくまでも噂話《うわさ》よ。時崎は誰よりも算盤《そろばん》ができた。それゆえ、吟味物調べの出役として寺社奉行さまの手伝いに駆りだされておった。一説にはそちらのほうで腫《は》れ物に触ったからではないかとの噂もあるが、詳しいことはわからぬ。許嫁《いいなずけ》と結納を交わしたばかりであったに、そっちも流れたと聞いた。不運なはなしよ……さあ、知っていることは教えたぞ、早々に立ち去るがよい」

「お待ちを、今ひとつだけ。時崎さまは、卜傳流を修めておられませなんだか」

「さあな、算盤以外のことは知らぬ」

慎十郎はさらに粘って、時崎を陥れたと噂される「貝須賀恭左衛門《かいすがきようざえもん》」という勘定組頭の名を聞きだし、ようやく門前から離れた。

時崎のことを知れば知るほど、会って事情を聞きたくなってくる。

「つぎに向かうべきは、卜傳流の道場か」

ふと、丹波道場の一徹と咲の顔が瞼《まぶた》の裏に浮かんできた。

会いたい。

だが、黙って去った手前、会いにいく勇気は出てこない。

以前、道場破りをしたなかに卜傳流の町道場があったことをおもいだし、慎十郎は築地《つきじ》をめざした。

遠くから御門跡《ごもんぜき》に祈りを捧げたのち、明石《あかし》町の寒《さむ》さ橋へ向かう。

海風の吹きぬける橋のそばに、寂れた町道場が今も佇《たたず》んでいた。

三年近く前、慎十郎が看板を外したときは、まだ活気に溢《あふ》れていた。

ひょっとしたら、道場破りを契機に廃《すた》れてしまったのかもしれない。

町道場の人気はそうした評判に左右されるので、充分に考えられることだ。

新しく付けられたとおぼしき看板には「看脚下」という禅寺のような文字が記されてあった。

これでは、剣術道場かどうかもわからない。

ともあれ、冠木門《かぶきもん》を潜ると、黄金《くがね》に色づいた銀杏《いちょう》が出迎えてくれた。

黒衣の侍が庭箒《にわぼうき》で落ち葉を集めている。

「すまぬ。ちと、ものを尋ねたい」

振りむいた顔にみおぼえはなかったが、相手ははっとして息を呑んだ。

「……ま、毬谷慎十郎か」

及び腰で応じるところをみると、以前のことを鮮明におぼえているのだろう。

「案ずるな。道場破りに来たのではない」

相手を落ちつかせるべく満面に笑みを浮かべ、慎十郎は道場の奥を覗《のぞ》きこむようにした。

「おぬしのほかに、門弟はおらぬのか」

「おらぬ。同じ道場でも、座禅を組む禅道場に変わったのだ。誰あろう、おぬしのせいでな。看板を失ったついでに津軽《つがる》家の後ろ盾も失い、道場主の父は失意のうちに亡くなった。半年前のはなしだ」

「それはすまぬことをした。あとで線香の一本でもあげさせてくれ。すると、おぬしは道場主の忘れ形見というわけか」

「川西慈斎《かわにしじさい》が次子、大器《たいき》である」

襟を正して名乗られたものの、慎十郎は笑いを怺《こら》えねばならなかった。

「大きい器の大器か。ずいぶん、ごたいそうな名を付けられたな」

「名前負けだと言いたいのであろう。ふん、聞き飽きたわ」

「いいや、存外に大器やもしれぬ。何なら、あとで稽古をつけてやってもよいぞ」

「断る。で、何が聞きたい」

「おう、そうであった。時崎左内という名に聞きおぼえはないか」

「ある」

あっさり応じられたので、慎十郎は呆気《あっけ》にとられた。

「おぬし、知っておるのか」

「直《じか》には知らぬ。父がいつもはなしていた。亀戸《かめいど》の津軽屋敷へ剣術を教えにいくほどの力量で、玄武館の千葉周作先生を負かしたこともある御仁だと」

「千葉先生を」

ちょうど、一年前のはなしだという。ふらりと玄武館を訪れたひとりの剣士が、千葉周作に挑んで勝ちを得た。そのことを玄武館の連中が隠していたがために噂にもならなかったが、勝ったのは卜傳流を究めた痘痕面の剣士であったと、川西の父は興奮の面持ちで告げたらしかった。

「くそっ、わしがおらぬあいだに」

慎十郎は吐きすてた。

驚きと同時に、口惜しい気持ちが沸々と湧《わ》きあがってくる。

「時崎どのの住まいは知らぬか」

「亀戸の津軽屋敷で聞けばわかるかもしれぬ。何なら、文を書いてやろう」

「かたじけない」

慎十郎が礼をすると、川西大器は奥へ引っこみ、ほどなくして文をしたためてきた。

「さあ、携えていくがよい。相手は剣術指南役の川西剛毅《ごうき》だ」

「川西」

「兄だ。おぼえておらぬのか。実力は折紙つきであったが、兄はなかなか仕官の機会に恵まれなかった。そうしたとき、おぬしがあらわれた。兄は居合わせず、後日、おぬしから道場の看板を奪い返してきた」

まったく、おぼえていない。江戸じゅうの道場を荒らしまわっていた当時、看板なら手許《てもと》にいくらでもあった。看板を返してほしいと訪ねてきた連中には、幾ばくかの金子と交換に引き取らせてやったりもしていた。川西剛毅も、そうした連中のひとりだったのであろう。

「じつは、看板を取りもどした一件が後押しとなり、兄は津軽家の剣術指南役に推挽《すいばん》されたのだ。父はいつも言うておられた。道場の人気は翳《かげ》りをみせておったゆえ、早晩、看板は外さねばならぬ運命《さだめ》にあった。毬谷慎十郎のせいで、それが少し早まっただけのはなしだ。ところが、怪我《けが》の功名で、剛毅は雄藩の剣術指南役に推挽された。毬谷慎十郎のおかげとも言える。ゆえに、感謝せねばなるまいと」

「ふうん、さようなことがあったのか」

道場破りの裏で誰かの人生を左右するような出来事が起こっていようとは、慎十郎に想像できようはずもなかった。

「文をしたためたのは、感謝の気持ちからだ」

「何やら、妙な気分だな」

「じつは、おぬしのことは小耳に挟んでおった。練兵館で女剣士に不覚を取り、柄砕《つかくだ》きで鼻の骨を折られたらしいな。しかも、その場で弟子入りを志願して拒《こば》まれたものの、執拗に食いさがり、女剣士の実家でもある丹石《たんせき》流の道場に日参したあげく、ついに弟子入りをみとめられたそうではないか」

「それはちがう」

慎十郎は頭《かぶり》を振った。

「弟子入りは認めてもらえず、わしのほうで勝手に住みついたのだ。されど、安逸《あんいつ》な暮らしが居たたまれなくなって、道場を飛びだした。一年ぶりに江戸へ舞いもどったら、日本橋で町方役人に誰何《すいか》されてな。往生《おうじょう》していたところへ、見ず知らずの御仁が救いの手を差しのべてくれたのだ」

「それが時崎左内さまであったと」

「ふむ。もう一度あって、きちんと礼をしたいとおもってな」

「殊勝なことだと言いたいが、おぬしらしくもないな。道場破りをしておったころの傍若無人《ぼうじゃくぶじん》さは何処《どこ》へ消えた。あのころのぎらついた眸子はどうしたのだ」

川西大器が怒った口調で指摘するように、餓《う》えた狼のような気迫は消えてしまったのかもしれない。おおかた、江戸の暮らしに馴《な》れきったせいだろう。それが嫌になって廻国修行の旅に出たのだと、慎十郎は今さらながらに気づかされた。

「さればな」

文を懐中に仕舞い、朽ちかけた冠木門を潜って外へ出る。

いつの間にか、あたりは夕闇に閉ざされつつあった。

「今日はこのくらいにしておくか」

慎十郎は疲れたようにこぼし、芝にある検校屋敷への道をたどりはじめた。

五

時崎左内が千葉周作に勝ったと聞き、益々、会わねばならぬという気持ちが強くなった。

それにしても、何故、雲井検校の命を狙うのか。

勘定方の古株役人によれば、時崎は「貝須賀恭左衛門」なる上役に公金着服の濡れ衣を着せられたのかもしれぬという。しかも、吟味物調べの出役として寺社奉行の手伝いに駆りだされ、出先で「腫れ物に触った」のではないかという噂もあった。

検校の属する当道座は寺社奉行の管轄なので、もしかしたら「腫れ物」とは雲井検校や当道座に関《かか》わることだったのかもしれない。時崎の動きに勘づいた雲井検校が裏で手をまわし、上役を通じて時崎を罠《わな》に嵌《は》めたのだ。

もちろん、すべては想像の域を出ないはなしであった。

ともあれ、何らかの不正を調べていたにもかかわらず、悪党どもの思惑によって御役御免にさせられたのだとしたら、あまりに酷《むご》い仕打ちと言わねばなるまい。家は改易となり、許嫁との婚儀も流れたのだ。それが事実とするならば、罠に嵌めた連中に恨みを抱いてしかるべきだと、慎十郎はおもった。

ただし、裏付けを取らねば、独り相撲《ずもう》で終わることもわかっている。

翌朝、慎十郎のすがたは、亀戸天満宮の北に接する津軽屋敷のなかにあった。

下屋敷の配された広い敷地の一角に、津軽藩士のみならず外にも門戸を開いた剣術道場がある。

尚武《しょうぶ》の精神に富む同藩では剣術の流派だけみても、小野《おの》派一刀《いっとう》流、梶《かじ》派一刀流、丸《まる》目《め》流、軌《き》道《どう》流、當田《とうだ》流、神妙《しんみょう》流などと多岐にわたるが、なかでも奨励されているのがト傳流にほかならなかった。

慎十郎は若い門弟の導きで、活気のある道場に招じられた。

頰髭は剃《そ》ってきたが、うらぶれた浪人風体であることに変わりない。

もちろん、招じられたのは川西大器のしたためた文のおかげだが、朝稽古に汗を流す門弟たちにしてみれば、座っているだけで道場の秩序を乱さんとする邪魔者にしか映らなかった。

しばらく竹刀の振り稽古を眺めていると、奥の部屋から殺気を帯びた人物があらわれた。

川西剛毅である。

何人かいる指南役のひとりで、外見は貧相な弟とは似ても似つかず、雲を突くほどの巨漢だった。

すでに、文は読んでいる。

相手が道場破りの毬谷慎十郎と知るや、顔つきが強《こわ》ばってしまったようだ。

「久方ぶりだな」

剛毅は胸を反らし、強がってみせる。

門弟たちは稽古を止め、じっと様子を窺《うかが》った。

「おぬしら、ようく聞くがよい。そこにおるのは、道場破りの毬谷慎十郎だ。二年と八月《やつき》前、川西道場の看板を奪った男よ。もっとも、わしがすぐに取り返してやったがな、今日はどうやら、そのときわしに負けた恨みを晴らしに来たらしい。ふはは、一手指南してやってもよいが、当道場は他流試合を禁じておる。残念ではあるが、相手にできぬゆえ、期待はするな」

「あいや、お望みなればお相手いたす」

慎十郎は声を張りあげた。

「それがし、卜傳流の免状も持っておりますゆえ、一手交えたとて他流試合とはなりませぬ」

相手が以前に負かしたと嘘を吐いたので、こちらも嘘を吐いてやった。

門弟たちの眸子が好奇に光ると、剛毅もさすがに引っ込みがつかなくなる。

「よし、されば一手指南いたそう。誰か、竹刀を持て」

若い門弟が取りに走り、竹刀を二本携えてきた。

ほかの連中は周囲にさがり、かしこまって正座する。

慎十郎と剛毅は道場のまんなかへ進み、同時に立礼を交わした。

「時崎さまを捜しておるのか」

唐突に問われ、慎十郎はうなずく。

「ご存じならば、お教えくだされ」

「わしに勝てば教えてやろう」

「なるほど。されば一撃で」

「ふっ、ほざけ。とあっ」

剛毅は吼《ほ》えあげて床を蹴り、大上段から面打ちを仕掛けてきた。

これを撥《は》ねつけずに受けると、鍔迫《つばぜ》り合いに持ちこんでくる。

「花を持たせろ。されば、教える」

脂ぎった鼻先を近づけ、剛毅は囁いた。

わざと負けてやれば、時崎の居場所を教えるというのだ。

「ぬえい」

そのまま、鬼のような形相で鍔元を圧《お》しつけ、からだの重さを生かして乗りかかってくる。

慎十郎に迷いはない。

すっと、体をずらした。

それが空かしとなり、剛毅はたたらを踏む。

突きだされた首の後ろをめがけ、慎十郎は竹刀を振りおろした。

――ばしっ。

容赦のない一撃は、巨漢の剛毅を昏倒させた。

指南役が潰《つぶ》れ蛙《がえる》となって泡を吹くと、門弟たちは呆気にとられたように固まった。

道場には静寂が流れ、誰ひとり動こうとしない。

「誰か介抱してやれ」

慎十郎が叫ぶと、ようやく、何人かが駆けよってくる。

剛毅の手足を持ち、奥へ運び去っていった。

板の間に正座して待ちつづけると、若い門弟が紙を携えてきた。

「指南役がこれを」

手渡された文には、震えた字で「番町法眼坂《ほうげんざか》下、高品又右衛門《たかしなまたえもん》」とある。

おそらくは力量の差を痛感し、せめてもの意地で時崎の居場所を教えてくれたのだろう。

慎十郎は勝手にそう解釈し、騒然となりゆく道場をあとにした。

天神橋《てんじん》の桟橋からは小舟に乗る。

十間川《じっけんがわ》から竪《たて》川へと漕《こ》ぎすすみ、大川を横切って柳《やなぎ》橋から神田《かんだ》川にはいる。

歩けば遠い道程も、舟を使えば何ほどのこともない。

小春日和の穏やかな日差しに包まれ、長閑《のどか》な川の流れに身を任せつつ、うつらうつらしているうちに目途の桟橋は近づき、ふたたび、慎十郎は「迷路」と称される番町の辻裏へ踏みこんでいった。

法眼坂下の辻番で尋ねると、高品又右衛門の屋敷はすぐにわかった。

白塀に囲まれた旗本屋敷だが、さほど広くもない。

訪ねてみると、時崎はそこに居なかった。

川西剛毅に教えられたのは、時崎と結納まで交わした許嫁の実家だった。

主人の又右衛門は家におり、用件を伝えると、表口で対応はしてくれた。

許嫁の名は結衣《ゆい》といい、三月前に婚約が解消となって以来、鬱《ふさ》ぎこんで部屋から一歩も出られなくなったらしかった。

「惚《ほ》れた腫《は》れたのはなしではない。恥《はじ》を掻《か》されたことが口惜《くちお》しいのだ」

結納まで交わしておきながら、突如、相手方の家が改易となった。

隣近所でも笑い話の種にされ、これ以上の不運はほかにあるまいと、高品又右衛門は嘆いてみせる。

「時崎左内の居場所などわからぬ。きっと何処かで野垂《のた》れ死んでおるに相違ない」

高品が憎々しげに吐きすてるので、慎十郎は踵《きびす》を返すしかなかった。

ただ、これだけは告げておきたいとおもい、途中で振りかえる。

「ご当主、時崎さまが誰かに嵌められたとしたら、どうなされる」

「ん、どういうことだ」

「役目柄、何らかの不正を探りあてた。それを嫌った悪党どもによって罠に嵌められたのだとしたら、改易も婚儀の解消も痛恨の出来事であったに相違ござらぬ」

「かりに、嵌められたのだとしても、今さらどうなるものでもあるまい。一介の勘定方にすぎぬわしにどうせよと言うのだ」

「同じ勘定方ならば、貝須賀恭左衛門という組頭はご存じでしょう」

高品は難しい顔で黙りこむ。

「貝須賀とは、どういう御仁なのですか」

慎十郎の問いかけに、高品はぽろりと本音を漏らした。

「よからぬ噂の絶えぬお方だ。左内どのが罠に嵌められたのだとしたら、仇《かたき》を討ってやりたい気持ちもある」

「まことでござるか」

「娘にも叱《しか》られた。何故、左内どのを信じてやらぬのだと」

「えっ」

引っ込み思案な結衣という娘は、相手に気持ちを伝えるのが苦手らしかった。それゆえ、時崎はわかっておらぬとおもうが、結衣は破談となってからずっと悲しみに暮れているのだという。

「されど、小心者のわしには何もしてやれぬ。仇を討とうにも、それだけの腕もない。おぬし、わしの代わりにやってくれぬか……いや、すまぬ。見も知らぬ者に頼むようなことではないな」

望みを叶《かな》えて進ぜようと、即座に応じたくなった。

が、真相を把握せぬかぎり、安易な約束はできない。

慎十郎は一礼し、後ろ髪を引かれるおもいで屋敷を離れた。

六

時崎左内を捜す手懸かりは途絶えてしまった。

こうなれば、雲井検校がふたたび襲われる機会を窺うしかない。

危ういとわかっていながらも、今宵も検校は性懲りも無く宴席へおもむいた。

駕籠を守る野良犬は二匹増え、慎十郎と清水をふくめて四匹になった。

用人頭の長谷部以外に若い用人もふたり追加され、防はぜんぶで七人を数えた。

「ごたいそうな大所帯だな」

清水は皮肉を漏らすが、最低でもこれほどの数を揃《そろ》えていなければ、主人が機嫌を損ねるらしかった。

「先日品川で襲ってきた相手、長谷部さまは見当をつけておられるらしい」

「ほう」

慎十郎は知らぬ振りをしながらも、聞き耳を立てる。

清水はつづけた。

「どうやら、刺客ではなさそうだ。元幕臣でな、検校のせいで御役御免となった。その怨《うら》みを晴らそうとしているとか」

「名は何というのですか」

「さあ、そこまでは知らぬ。ただ、長谷部さまはそやつの首に賞金をつけてもよいと仰った。もちろん、検校が金を出す。五十両か、百両か、それだけの賞金がつけば、江戸じゅうの野良犬どもが目の色を変えるにちがいない」

「されど、面相の見当がわからねば捜しようもござりますまい」

「痘痕面だそうだ。面相をよく知る人物もおるゆえ、人相書きを描くことはできる」

心ノ臓が鼓動を激しく打ちはじめた。

やはり、時崎の正体はばれているのだ。

「今宵あたり、出てくるかもな」

清水は吐きすて、襟をぎゅっと寄せた。

一行が向かったさきは日本橋、浮世《うきよ》小路《しょうじ》にある『百川《ももかわ》』という高価な料理茶屋だ。

雲井検校は用人たちと離室《はなれ》に消え、金で雇われた野良犬どもは外で待たねばならなかった。

野良犬二匹は夜鳴き蕎麦《そば》の屋台を探しに消え、慎十郎は清水と寒空のもとに佇んだ。

「相手はたぶん、幕府勘定方の役人だ」

清水の吐く息は白い。

「『百川』で接待するのは、いつもきまって長ったらしい名の組頭でな、そいつが検校と膝詰《ひざづ》めで悪巧《わるだく》みの相談をするのさ」

「悪巧みとは」

「たとえば、検校に公儀の借用書を使わせ、寺社奉行の配下などから横槍《よこやり》を入れられぬようにする」

公儀の御墨付きがあれば、監視の網を逃れて好き放題に悪さができる。禁じられている利息の二重取りなども書面に銘記《めいき》できるし、返済できなかった際の見返りに沽券《こけん》状を只《ただ》で奪うことも、奪った沽券状に高値をつけて闇で転売することも容易にできると、清水は言う。

幕府の役人を抱きこんだ悪事の一端がわかり、慎十郎は激しい怒りをおぼえた。

「そうやって検校が私腹を肥やした見返りに、組頭も黄金餅《こがねもち》を頂戴するというわけだ。ふん、とんでもない悪党どもさ。もっとも、わしらは悪党検校に雇われた野良犬にすぎぬがな」

自嘲《じちょう》する野良犬の横顔を睨みつけた。

そこへ、幕府勘定方のお偉方を乗せた宝仙寺駕籠がやってくる。

垂れを撥ねのけて降りてきたのは、癇《かん》の強そうな茄子《なす》顔の侍だった。

こちらにちらりと目をくれたが、何も言わずに店のなかへ消えていく。

「やつだ、おもいだしたぞ」

――貝須賀恭左衛門。

という名を耳にし、慎十郎は眉間に皺を寄せた。

時崎に公金着服の濡れ衣を着せたと噂される上役にほかならない。

おもいがけず、雲井検校との繋《つな》がりが露見したので、余計に悪巧みの中味を知りたくなった。

そこへもう一挺《ちょう》、辻駕籠が滑りこんでくる。

「三人目がいやがった」

吐きすてる清水ともども、少し離れた暗がりから注視する。

迎えに出てきた女将《おかみ》が提灯を翳《かざ》すと、男の顔が照らされた。

頬に刀傷のある悪相だ。

「やつも知っておるぞ。はんざきの七兵衛《しちべえ》という地廻りの元締めだ」

清水は七兵衛に雇われ、賭場《とば》の用心棒をやったことがあった。

「兇状《きょうじょう》持ちを何人も抱えておってな、報酬次第では殺しも厭《いと》わぬ悪党さ」

「そんなやつが、また何で」

「さあてな。ひょっとしたら、こっちにも厄介事のお鉢がまわってくるかもしれぬ」

悪巧みの相談は真夜中までつづき、慎十郎は爪《つめ》のさきが凍りつくまで待ちつづけねばならなかった。

やがて、三挺の駕籠は順に出発し、慎十郎たちも無事に帰路をたどって検校屋敷に到達した。

清水の懸念したことが身に降りかかってきたのは、それから二日後のことである。

「従いてこい」

長谷部に命じられ、慎十郎だけが夜道を黙々と進んだ。

満月が煌々《こうこう》と足下を照らし、提灯の替わりをしてくれる。

たどりついたのは神田川に架かる昌平《しょうへい》橋の南詰、右手に広がる駿河台《するがだい》一帯には大名や大身旗本の屋敷が集まっていた。

闇に沈んだ屋敷町を背にして、三つの人影が待っている。

近づいてきた男の頬には、酷い刀傷が刻まれていた。

はんざきの七兵衛だ。

後ろのふたりは、人相風体からして兇状持ちにちがいない。

嫌な予感がした。

「長谷部さま、そちらは」

七兵衛に顎をしゃくられ、慎十郎は睨みかえす。

長谷部はつまらなそうにこたえた。

「後詰めだ、案ずるな」

「お名を伺っても仕方ありやせんかね」

「聞きたくば教えてやってもよいがな」

「やめときやしょう。聞いたところで、すぐに忘れちまう」

「勝手にするがいいさ。それより、仕度のほうはできておるのか」

「そりゃもう。後ろのふたりに任せておけば、獲物は燻《あぶ》りだされてめえりやしょう。

旦那は騒ぎに乗じて、ご自慢の一刀を繰りだしゃいい。報酬は四分六分、もちろん、
旦那のほうが六分でやすよ」

「七分だな」

「おっと、それじゃはなしがちがう」

「なら、おぬしが仕上げまで請けおえばよい」

「できなくはねえが、旦那のお顔も立てなくちゃならねえ。へへ、わかりやしたよ。三分七分で手を打ちやしょう。ただし、こいつは貸しだ。いずれ近《ちけ》えうちに、借りは返《け》えしていただきやすぜ」

「ふん、ちゃっかりしておるな。検校さまへ口利きしてやった恩を忘れるな」

「もちろん、忘れちゃおりやせんよ。おかげさまで、高値で売れる沽券状や武家の妻子まで手に入れられる。でもね、それはそれ、長谷部さまにも甘い汁をたっぷり吸っていただいているはずだ。へへ、七分でよろしいですかい」

「ああ、わかった。四の五の抜かさず、やることをやれ」

「へい、それじゃ」

一連のやりとりでふたりの非道さはわかったが、今から何がはじまるのか見当もつかない。

長谷部は黙って歩を進め、ひとつさきの辻を右に曲がった。

上り坂の左手には大名屋敷の海鼠塀《なまこべい》がつづき、右手には大身旗本の屋敷が軒を並べている。

昼でも物淋《ものさび》しい坂道らしく、歩いていると胸苦しくなってきた。

「ふふ、この坂はな、幽霊《ゆうれい》坂というのさ」

長谷部は振りむき、笑いかけてくる。

「むかし、この坂で武家の妻女が辻斬りにあった。妻女の怨念《おんねん》が血塗られた塀際に蹲っておるのよ」

背筋がぞくっとする。

「長谷部さま、いったい何をやらかす気ですか」

息を弾ませて問うた瞬間、坂上の一角から女たちの悲鳴が聞こえてきた。

「ふふ、七兵衛のやつ、やりおったわ」

駆けつけてみると、旗本屋敷のひとつが黒煙に覆われている。

七兵衛たちが火を放ったのだ。

「まいるぞ」

長谷部は脱兎《だっと》のごとく駆けだした。

風下にあたる表門ではなく、脇道から裏手へまわっていく。

「長谷部さま、こっちこっち」

七兵衛たちが手招きをしていた。

足を止めるや、裏木戸から夜着を纏った人影が飛びだしてくる。

髷《まげ》の乱れた侍だ。鼻の下に泥鰌髭《どじょうひげ》を生やしている。

長谷部は刀の柄に手を添え、すっと身を寄せた。

「勘定吟味役、堀内外記《ほりうちげき》か」

唐突に声を掛けられ、泥鰌髭の人物は腰を抜かしかけた。

「覚悟いたせ」

長谷部が刀を抜きにかかる。

まずい、助けねばならぬ。

慎十郎は跳んだ。

「ぬわっ」

後ろから長谷部に抱きつき、側溝に投げとばす。

「お逃げなされ」

泥鰌髭に叫びかけ、背後を振りむいた。

「てめえ、裏切りやがったな」

七兵衛が匕首《あいくち》を握り、突きかかってくる。

慎十郎は木刀を抜き、脳天を叩き割った。

「ひぇっ」

手下ふたりが一目散に逃げていく。

ずぶ濡れの長谷部が、側溝から這いあがってきた。

「野良犬め、やってくれたな」

じりっと、爪先《つまさき》で躙《にじ》りよってくる。

慎十郎は腰を落とし、木刀を青眼に構えた。

長谷部は素早く迫り、抜き際の一刀を薙《な》ぎあげる。

「ぬりゃっ」

鎬《しのぎ》を弾《はじ》いたはずの木刀が、すっぱり両断された。

「つぎは、うぬの首だ」

長谷部は納刀し、一歩踏みこんで二撃目の抜刀をこころみる。

慎十郎は折れた木刀を投げつけ、くるっと背中を向けた。

「逃げるか」

追いすがる影を振りきり、とんでもない速さで走りだす。

獣のごとく幽霊坂を駆けおりていくと、半鐘が鳴りだした。

岡っ引きの呼子も鳴っている。

「まずいな」

勝手の知らぬ道を逃げまわっても、何処かで息切れしてしまうにちがいない。

捕り方の網に引っかかれば、火付けをやったと疑われるやもしれなかった。

昌平橋の南詰には、鳶《とび》や捕り方どもが集まりはじめている。

慎十郎は足を止め、まわりをきょろきょろみまわした。

左右には武家屋敷の高い塀がつづいている。

「おい、こっちだ」

塀の途切れた隙間《すきま》から、誰かが差し招いていた。

警戒しながら近づくと、痘痕面の顔がにっこり笑いかけてくる。

「……と、時崎さま、どうしてここに」

「説いている暇はない。早《はよ》うこっちへ」

隙間に踏みこむや、鳶や捕り方が大挙して坂道を駆けのぼってきた。

塀の隙間を反対側へ進めば、土手道へ達することができるらしい。

冷たい川風に頰を撫《な》でられた。

火事は大丈夫であろうか。

「あの程度なら、小火《ぼや》で済む」

一部始終を眺めていたかのように、時崎は言い切ってみせた。

七

あと少しで人斬りの片棒を担がされるところだったが、悪夢のような出来事が時崎左内との再会を導いた。

再会と言っても、先方はおぼえていないかもしれない。

「それがしのこと、存じておられようか」

恐る恐る尋ねると、時崎は暗闇で白い歯をみせた。

「毬谷慎十郎どのであったな。一度目は日本橋、二度目は品川宿でお目にかかった。もっとも、二度目に会ったときはびっくりしたがな」

「あれはやはり、雲井検校の命を狙ったのですか」

「さよう。悪党を成敗せねばならぬと意気込んだが、おぬしと用人頭の長谷部主水に阻まれてしまった。なけなしの金で雇った浪人もふたり斬られ、生き残った連中には詰《なじ》られた。斬られた浪人たちには、申し訳ないことをしたとおもっている」

ふたりは東海道を当《あ》て所《ど》もなく歩き、京橋に差しかかった。

つい今し方、子《ね》ノ刻《こく》（午前〇時頃）を知らせる時の鐘が鳴ったばかりだ。

突如として満月は黒雲に閉ざされ、氷雨が降ってきた。

「まいったな」

ふたりは土手を駆けおり、雨を避けようと橋の下に向かう。

菰《こも》をかぶった物乞《ものご》いが、ぎろりと睨みを利かせてきた。

「橋の下にも縄張りがあるようだな」

ほっと、時崎は溜息《ためいき》を吐いた。

御役御免となってから、しばらくは下谷《したや》の棟割長屋に両親と暮らしていたが、失意の父は他界し、病がちの母をひとり残して長屋を飛びだしてからは、定まった居場所もないという。

「母上はお許しになった。わしが命を擲《なげう》ってでも怨みを晴らしたいと申しあげたら、好きにすればよいと言うてくれた」

幼い時分に亡くした母をおもいだし、慎十郎は項垂《うなだ》れた。

「それがしも、今宵で食い扶《ぶ》持《ち》を失いました」

「わしの首を差しだせば、悪党検校に許してもらえるかもしれぬぞ。はは、冗談だ。悲しい顔をするな。ときにおぬし、いくつだ」

「二十二でござる」

「わしとひとまわりもちがうのか、そうはみえぬな」

「廻国修行の途上、凄惨《せいさん》な光景を嫌というほどみてまいりました。おおかた、憂《うれ》える気持ちが面相にも出ているのでしょう」

「廻国修行にはどのくらい出ておった」

「一年余りにすぎませぬ。それ以前は一年半ほど江戸に……そもそも、出自は播州龍野にござる」

「龍野か、よいところではないか」

「ご存じですか」

「播磨の小京都であろう。揖保《いぼ》川の清流には荷を積んだ高瀬舟が行き来し、川沿いには黒板塀の醤油《しょうゆ》蔵が並んでいる。鶏籠《けいろう》山の麓《ふもと》に築かれた平山《ひらやま》城が春霞《はるがすみ》にすっぽり包まれる光景は、幽玄とも讃《たた》えられるほどの趣《おもむ》きがある」

「よくご存じで」

「直には知らぬ。世話になった上役から聞いたはなしだ」

すでに鬼籍《きせき》に入ったその上役は吟味物調べの出役として、寺社奉行だったころの脇坂中務大輔安董に仕えていたという。算勘に優《すぐ》れていたので安董から重宝され、親しげに声を掛けられたり、故郷のはなしなども聞かされたらしかった。

「さようでござったか」

時崎の発した故郷の情景が安董によって語られた内容だと知り、慎十郎は縁を感じざるを得ない。

「わしもだ。おぬしの口から龍野のはなしが出ようとはな」

「もっとも、それがしは龍野を捨てた身にござる」

「ほう、拠所《よんどころ》ない事情でもありそうだな」

「酒でも呑まねば語れませぬが」

慎十郎はめずらしく、龍野に残る家族のことや龍野藩を出奔した経緯などを訥々《とつとつ》と喋りはじめた。

藩の文武稽古所たる敬楽館《けいごうかん》の剣術指南役であった父が今は城下の片隅で細々と円明流の剣術道場を開いているはなしや、自分には文武に優れたふたりの兄がおり、龍野城下で毬谷三兄弟の剣名を知らぬ者はいなかったこと、そして、自分だけが父の勘気を蒙《こうむ》って破門されたことや、御下賜の宝刀を盗んで出奔した経緯、あるいは、日の本一の剣士となって故郷に錦を飾りたい志のはなしまで、慎十郎は時崎に語って聞かせたのである。

さらには、日本橋で助けてもらったことを何かの縁と感じ、陰ながら力になりたいと願いつつ、ここ数日のあいだ時崎を必死に捜していたことを添えた。そのあたりの事情をつぶさに説くと、時崎はすっかり信用してくれるようになった。

「今宵は、どうしてあそこにおられたのですか」

「はんざきの七兵衛を張りこんでおったのさ」

時崎は雨筋をみつめ、今の情況に追いつめられた経緯を淡々と語る。

そもそものはじまりは、御勘定所から寺社奉行のもとへ出役していた際、雲井検校の悪事に気付いたことであったという。

「踊りと呼ぶ利息の二重取りに沽券状の転売、はては無理筋な貸付によって武家を破《は》綻《たん》させ、妻女を悪所へ売ったりもしておった。とうてい、看過《かんか》しがたい悪行の数々だ」

ところが、証拠を集めていく過程で御勘定所の上役に相談を持ちかけたところ、あろうことか、上役の貝須賀恭左衛門に邪魔だてされた。

「仕舞いには身におぼえのない濡れ衣を着せられ、御役御免にまで追いこまれた。雲井検校は成敗すべき悪党だが、貝須賀は成敗するだけでは飽き足らぬ。どうにかして白洲《しらす》に引きずりだし、すべてを白日の下に晒《さら》したいとおもっていた」

悪党検校ともたれ合っている証拠を手に入れるため、鍵《かぎ》を握る七兵衛に目をつけたのだという。

「今宵やつらが命を狙ったのは、勘定吟味役の堀内外記さまだ」

勘定吟味役は勘定奉行を監視する重要な役目ゆえ、たいていは品行方正で妥協をいっさい許さぬ堅物がなる。堀内も例外ではなく、有能なだけに十年余りも同役に居座りつづけていた。

「そうなると、後が詰まってくる。勘定吟味役は勘定組頭から抜擢《ばってき》される不文律があってな、つぎは貝須賀であろうと数年前から噂されておった」

「つまり、おのれが出世を遂げるためには、今の勘定吟味役を消さねばならぬと考えたと」

「証拠はないが、外れてはおるまい。貝須賀が雲井検校に頭を下げたのだ。堀内外記さまをどうにかしてくれとな」

雲井検校は、さっそく手を打った。

用人頭の長谷部や七兵衛を使って、勘定吟味役殺しを画策したのだ。

「おぬしがおらなんだら、今ごろは連中のおもう壺《つぼ》さ。されど、失敗《しくじ》ったことで、九死に一生を得た堀内さまは警戒する。やつらは容易に動けなくなった」

容易に動けぬのは、こちらも同じだ。

「これから、どうなされます」

「まずは、雨露をしのげる居場所をみつけねばな」

「ひとつ、おもいあたるさきが」

慎十郎の脳裏に浮かんだのは、築地の川西道場であった。

「道場主が時崎さまのことをご存じでしてね、以前は卜傳流の剣術道場でしたが、今は禅道場になっております」

「川西道場ならば、名は聞いたことがある。たしか三年近くまえ、道場破りにあって看板を奪われたはずだ」

「それがしが道場破りをやりました」

「何と、そうであったか」

「お忘れください。ともあれ、ここから築地はさほど離れてもおりませぬし、行ってみますか」

「ふむ」

寒さ橋の道場に着くころには雨もあがり、東の空は白みはじめていた。

冠木門を潜って訪ねると、川西大器は眠い目を擦《こす》りながら応対にあらわれた。そして、慎十郎の連れてきた相手が時崎左内だと知った途端、腰を抜かさんばかりに驚き、とりあえずは道場のなかへ差し招いてくれたのである。

何日か居座りたいという願いも容易に聞き届けてもらえた。

火鉢を熾《おこ》してもらい、温かい味噌汁《みそしる》まで馳走になると、他人の親切に涙しそうになった。

時崎に聞きたいことはいくつかある。

やはり、雲井検校を亡き者にするつもりなのかどうか。

貝須賀恭左衛門については、どうやって白洲に引きずりだすのか。

ほかにも、許嫁だった高品結衣のことはどうおもっているのかとか、千葉周作と申し合いをして勝ったのは真実かどうかなど、さまざまな問いが頭を駆けめぐったものの、眠気のほうが勝ってしまった。

時崎もいっしょで、久方ぶりに蒲団《ふとん》のうえで眠れると嬉《うれ》しそうにつぶやいた。

ふたりは川西大器のつけた燗酒《かんざけ》を呑みかわし、やがて、泥のような眠りに就いた。

八

翌日、慎十郎は時崎と別行動を取り、汐留橋《しおどめ》の南詰までやってきた。

東海道に沿って少し足を延ばせば、源助町の裏手に雲井検校の屋敷があるので、どうしても慎重にならざるを得ない。

四半刻ほど迷ったすえ、南詰からみえる大名屋敷の正門に向かった。

龍野藩脇坂家の上屋敷である。

二の足を踏んだのは、当主の安董に目見得すればまた抜き差しならぬ関わりが生じるとおもったからだ。

安董の密命を受け、幕府や世間に仇《あだ》なす悪党奸臣《かんしん》を一度ならず成敗してきた。

江戸を離れた理由のひとつは、厄介な密命から逃れるためでもある。それに、七十三の高齢で幕府の老中をつとめる安董に迷惑を掛けたくない気持ちもあった。

「やっぱり、やめにするか」

踵を返しかけ、踏みとどまる。

よいのかと、もう一度自問自答した。

貝須賀恭左衛門の悪事を見逃してもよいのか。

おそらく、今のままでは打開の道は拓《ひら》けまい。

貝須賀を白洲で裁くには、上から有無を言わせずに命を下すことだ。

そのためには、安董の心を動かさねばならぬ。

さらにもうひとつ、時崎左内を元の勘定方に戻してほしいと、慎十郎は願いでるつもりだった。

もちろん、御役御免になった役人を復帰させるのは難しかろうが、老中ならばできぬ相談ではなかろう。真面目《まじめ》に仕えてきた罪も無い役人が復帰できぬのは、おかしなはなしではないか。

「お願いしよう」

ようやく、慎十郎は覚悟を決めた。

時崎本人が望もうが望むまいが、こうと決めたら突きすすむ。

「それがおれだ、毬谷慎十郎だ」

殺気すら放ち、門に近づいていった。

「あっ」

古株の門番が仰天する。

慎十郎のことを知っているどころか好いており、いつでもすぐに取次いでくれた。

「毬谷慎十郎さま、久方ぶりにござりますな」

「さよう、おぬしも元気そうで何より」

「ありがたきおことばにござります。あいかわらず、羽目を外しておられますか」

「はは、さようなことはない。以前よりつまらぬ男になったわ」

「またぞろ大暴れなさるおすがた、期待しておりますぞ」

「ふん、余計な期待はせず、早く取次いでくれ」

「かしこまりましてござる」

門番は裾をからげるや、風のように奥へ走り去る。

門前で待っていると、見慣れた仏頂面がやってきた。

石動友之進《いするぎとものしん》、二歳年上の幼馴染《おさななじ》みである。

足軽の家に生まれながらも、持ち前の利発さと円明流免許皆伝の腕前を認められ、江戸家老直属の用人に抜擢《ばってき》された。

ただし、出世の道がひらけたのは、恩師である毬谷慎兵衛の推挙があったからだ。幼いころ毬谷道場に入門し、毬谷三兄弟と匹敵するほどの実力を培った。慎十郎とは鎬を削った仲でもあり、何かと対抗心を燃やしていたが、今となってみればすべて来し方の出来事にすぎない。

「よう、友之進、息災《そくさい》であったか」

「昨日も訪ねてきたような顔をするな。この一年余り、何処をほっつき歩いておった」

「全国津々浦々、足の向くまま気の向くままさ」

「根無し草め」

「ああ、そうだ、羨《うらや》ましいか。この根無し草を、ご当主の安董公はすこぶる気に入っておられる。それが羨ましいのであろう」

「羨ましくはない。納得できぬだけさ」

「あいかわらず、頭が堅いのう。ところで、安董公は息災であられるか」

「ご心労のせいで、数日前から臥《ふ》せっておられるわ」

「嘘を吐くな。わしに会わせぬ口実であろう」

「おぬしごときに嘘を吐くか」

吐きすてながらも、友之進は黙った。

どうやら、図星のようだ。

「正直なやつだな。顔をみれば、すぐに嘘だとわかるわ」

「安董公は天下のご老中だぞ。ふらりとあらわれ、目見得できるとおもうなよ」

「ならば、これをお渡ししといてくれ」

慎十郎は身を寄せ、したためていた文を手渡す。

「何だこれは」

「幕府勘定方の役人が上役に濡れ衣を着せられ、御役御免になった。ひとつは濡れ衣を着せた上役の処断、もうひとつは濡れ衣を着せられた忠臣の救済、ふたつの願いをご老中の権限をもって叶えていただきたい。その理由が連綿と綴《つづ》られておる」

「かようなもの、殿におみせできるか」

「どうして」

「瑣末《さまつ》すぎる。ひとりの役人を処断し、別のひとりを救済せよなどと。御政道を司るご老中に願いでることではない。さようなこと、赤子でもわかるはずだ」

「忠臣こそが幕政を担う礎《いしずえ》、文を読めば黙殺できぬ一件と納得もできよう。友之進よ、偉そうなことを抜かすな。御政道に大きい小さいはないのだぞ」

「偉そうなのはどっちだ。根無し草め」

門前で揉めていると、後ろから声が掛かった。

「石動友之進、そこで何をしておる」

権門《けんもん》駕籠から降りてきたのは、髪も髭も白い老臣だった。

「あっ、御家老さま」

江戸家老の赤松豪右衛門である。

友之進のことばを待たず、慎十郎は背を丸めて逃げだす。

小言の多い豪右衛門が苦手なのだ。

「待て、そちは毬谷慎十郎であろう。逃げるな、莫迦者」

仕方なく振りむき、愛想笑いを浮かべる。

「これはどうも、ご無沙汰《ぶさた》しておりました」

「生きておったか。殿が案じておられたぞ」

「廻国修行に出ておりました。以前よりもまして、腕はあがったかと存じまする」

「ほう、ならばいずれ、あがった腕とやらを御前で披露せねばなるまいな」

「よろしいのですか」

「今ではない。いずれじゃ」

「はあ」

「不服そうじゃな。小面憎《こづらにく》いやつめ」

怒ったように叱りつけながらも、ことばの端々に親しみがある。

赤松は頑固一徹なわからず屋だが、悪い人間ではなかった。

何となく、故郷が恋しくなってくる。

「静乃さまは息災であられますか」

「おう、嫁に行って身籠《みご》もりおったわ」

「それはそれは」

めでたくも虚《むな》しい気持ちにとらわれつつ、慎十郎は深々と頭《こうべ》を垂れた。

「本日は安董公にお願いがあって参上いたしました。仔細《しさい》は文にしたため、友之進に渡してござります。御家老さまもどうか、お目通しくださりますよう」

「どうせ、厄介事であろう」

「はい」

「ご覧いただくかどうかは、わしが判断いたす」

「どうかよしなに、お願いたてまつります」

「殊勝なふりをしおって、こそばゆいな」

「されば、これにて」

慎十郎は門を離れた。

途中で振りむくと、赤松はまだ門前に立っており、気軽に手を振ってくれた。

一方、かたわらの友之進は不機嫌な表情のままだ。

慎十郎は深々と頭を下げ、汐留橋のほうへ戻っていく。

橋を渡りかけたところで、会いたくない相手から声を掛けられた。

「旦那、毬谷の旦那、あっしですよ、ほら、口入屋の」

わかっている。用心棒の口を紹介した源六だ。

「へへ、お捜しやしたぜ。龍野のご出身と聞いておりやしたからね、ひょっとしたら脇坂さまの御屋敷をお訪ねになるかもって、山を張っていたんでさあ。へへ、さすがおれだぜ」

「何か用か」

「そりゃもう、用なんてもんじゃありやせんぜ。旦那、はんざきの七兵衛を木刀で叩き殺したんでやしょう。乾分《こぶん》どもが草の根を分けてでも捜しだし、膾斬《なますぎ》りにしてやると息巻いておりやすぜ。でもね、あっしにとっちゃ、旦那は命の恩人みてえなもんだ。じつは、七兵衛から大金を借りておりやしてね。あの世へ逝ってくれたおかげで借金は棒引き、肩の荷も下りたってわけで」

「わざわざ、そんなことが言いたかったのか」

「ええ、そうでやすよ。旦那にお目に掛かって、ひとこと御礼が言いたかっただけなんだ」

「ならばわかった、礼は受けとった」

「そうでやすかい。おっと、忘れるところだ。雲井検校は旦那の首に賞金をつけやしたぜ。いくらだとおもいやす、何と五十両でさあ」

なろう。

「……ご、五十両か」

ごくっと、唾を呑みこむ。

人相書きが出まわれば、江戸じゅうの破落戸《ごろつき》や食いつめ侍たちを敵にまわすことに
「ところで、今はどちらに」

「どちらでもない。橋の下におるわ」

咄嗟《とっさ》に応じると、苦笑された。

「隠れ家なら、いくらでもご用意いたしやすぜ」

「けっこうだ」

おぬしは信用できぬという台詞を呑みこむ。

「それじゃ、あっしはこれで」

源六は背をみせて歩きかけ、ふいに足を止めて振りむいた。

「そう言えば、駿河台の火付け、小火で済んだらしいですぜ。何たらっていう勘定吟味役も命拾いしたそうで。あの、ひとつ伺っても」

「何だ」

「どうして、勘定吟味役を助けたので」

「どうしてと言われても、からだが勝手に動いたにすぎぬ」

「それだな。旦那にゃ福の神がついていなさる。死に神も逃げていくってわけだ。用事があったら、南茅場町《みなみかやば》の大番屋を訪ねてきてくださいな」

「大番屋」

「へへ、隠しておりやしたけどね、あっしはこいつを預かっている身なんでやすよ」

源六は懐中をまさぐり、十手を取りだしてみせる。

「おぬし、岡っ引きなのか」

「ええ、場面に応じて白にも黒にも変わる。便利な男でやんすよ。正直、旦那はみていて危なっかしい。あっしみてえなのがついていねえと、何をしでかすかわからねえ。目が離せねえから、申しあげているんでさあ。金なんぞいらねえ。旦那なら、只で何なりとお手伝いさせていただきやすよ」

源六はひらりと袖をひるがえし、足早に遠ざかっていく。

味方か敵か、判断のしようもない。

慎十郎は踵を返すと、重い足取りで汐留橋を渡りはじめた。

九

　夕暮れの御門跡に詣《もう》で、境内の紅葉や銀杏《いちょう》を愛《め》でたあと、寒さ橋のほうへ向かった。

　自分の首に賞金が懸けられたことに驚かされたものの、あくまでもそれは闇に巣くう者たちのなかでのはなしだ。人相書きが出まわったとしても、お上の手配書に載せられるわけでもないので、たいして気にすることでもない。

　慎十郎はそんなふうにおもいなおし、川西道場をめざした。

　辻を曲がった途端、冠木門のほうから騒がしい声が聞こえてくる。

「借り金返せ、銭返せ」

　騒いでいるのは座頭の集団だった。

　川西が当道座の連中に借金でもしていたのだろうか。

「困ったな」

　つぶやきつつも、大股で近づいていく。

　時崎左内のことも案じられた。

「おぬしら、ちと落ちつけ」

門をふさぐ連中に声を掛けると、ふいに座頭たちは押し黙る。

気配でわかるのか、みな、顔をこちらに向けてきた。

一枚の紙が宙に舞い、足許にひらひら落ちてくる。

見下ろすと、慎十郎の人相書きにほかならない。

――首五十両。

という文字もみえた。

「毬谷慎十郎だぞ」

座頭のひとりが叫んだ。

「うおおお」

一斉に怒号が沸きあがる。

つぎの瞬間、座頭たちは眸子を開けた。

獲物を睨む獣の目が突き刺さってくる。

「偽《にせ》座頭か」

「やっちまえ」

数は二十を優に超えていよう。

「元締めの仇」

目の色を変えて叫ぶ者もいるので、はんざきの七兵衛と関わりのある連中にまちがいない。

「おっ、あそこだ。おったぞ」

後ろの辻からも、新手の連中が駆けてきた。

食いつめ浪人どもだ。

駆けながら白刃を抜き、我先に斬りかかってくる。

慎十郎は藤四郎吉光を背負っているが、腰には何も差していない。

滅多なことでは抜かぬと、信奉する摩利支天《まりしてん》に誓いを立てていた。

破落戸どもに浪人たちがくわわり、円をつくって慎十郎を囲む。

「待て、おぬしら、何故ここがわかった」

問いかけると、偽座頭のひとりがこたえた。

「欲を掻いた道場主の一報じゃ」

「なるほど、そういうことか」

「ふへへ、膾斬りにしてやるぜ」

「待て、おぬしらを斬りたくはない。されど、挑んでくるというなら容赦はせぬ。それでもよいのだな」

「ご託を並べている暇はねえぞ」

威勢のいい破落戸が段平《だんびら》を掲げ、闇雲に斬りつけてきた。

慎十郎は躱《かわ》しもせず、振りおろされた相手の右腕を掴む。

そして、段平を奪いとるや、柄頭《つかがしら》を破落戸の顔に埋めこんだ。

「ぐえっ」

くずおれた仲間を飛びこえ、三人同時に殺到してくる。

もちろん、慎十郎の相手ではない。

三人とも、手甲の脈を断たれた。

「ぎゃあああ」

尋常でない悲鳴があがる。

耐えがたい痛みに、三人は地べたを転げまわった。

それでも、破落戸どもはつぎつぎに迫ってくる。

慎十郎は狙いを定め、手甲の脈を断ってやった。

そのたびに悲鳴があがったものの、受けにまわらねばならぬ場面も生じ、何度か刃を重ねているうちに、段平はぐにゃりと曲がってしまう。

好機とばかりに、今度は浪人どもが斬りかかってきた。

慎十郎は拳でひとり目を昏倒させ、素早く刀を奪いとる。

奪った刀を曇天《どんてん》に突きあげ、うおっと威嚇《いかく》するように雄叫《おたけ》びをあげた。

あまりの迫力に、囲んだ連中は動きを止める。

慎十郎は低い姿勢で身を寄せ、斬りつけてきた浪人の右腕を肩から斬り落としてみせた。

「ひぇぇぇ」

腕一本落とすや、誰もが恐怖で縮みあがり、尻餅《しりもち》をつく者までいる。

「死ね」

業を煮やした浪人がひとり、正面から突きこんできた。

なかなかに鋭い突きだ。

躱したとおもった刹那《せつな》、頰に痛みが走った。

皮膚は裂け、血が垂れてくる。

「ほほう、そうきたか」

慎十郎の目つきが変わった。

頰に流れる血を嘗めるすがたは、手負いの虎《とら》にほかならない。

突きを繰りだした浪人は調子に乗り、袈裟懸けを浴びせてくる。

「貰ったぞ」

「ふん」

慎十郎は一歩踏みだし、下段から相手の両腕を薙《な》ぎあげた。

「ぐおっ」

すぱっと断たれた両腕の斬り口から、夥しい血が噴きだす。

浪人は前のめりに倒れ、地べたに顔を叩きつけた。

「つぎは首を貰う」

血の付いた刀を頭上で旋回させ、慎十郎は前に後ろに駆けまわる。

破落戸も浪人も蜘蛛の子を散らすように逃げ、辻向こうから二度と戻ってこなくなった。

慎十郎は鈍刀《なまくら》を捨て、怪我人たちを尻目に冠木門を潜りぬける。

「ん」

道場のほうからも、血腥《ちなまぐさ》い臭いがしてきた。

足を忍ばせて慎重に近づき、板の間にあがる。

川西大器が仰向けに倒れていた。

血だらけの屍骸だ。

膾斬りにされている。

破落戸どもに口封じされたのであろうか。

裏切り者の末路とはいえ、こちらで厄介事を持ちこまねば、こうはならなかったはずだ。

「巻きこんで済まなんだな」

慎十郎は祈りを捧げ、別の気配を探った。

「時崎さま、時崎さま」

叫びながら奥の部屋も探したが、時崎左内のすがたは何処にもない。

「戻っておらぬのか」

それとも、上手く逃げおおせたのか。

あるいは、拐《かどわ》かされたのかもしれない。

いつのまにか、辺りは暗くなっている。

慎十郎は庭の片隅に穴を掘り、川西大器を埋めた。

一宿一飯の恩義はある。

せめて埋葬することで、恩義に報いたかった。

それから一刻（約二時間）ほど、暗闇のなかでじっと待ちつづけた。

怪我人たちは運ばれていったのか、途中から呻《うめ》き声も消えた。

このまま帰らぬとすれば、時崎は何処に行ってしまったのだろう。

ふと、道場の軒を見上げると、突きだした紅葉の枝に白い文が結んである。

文だけが月光に映えていた。

立ちあがって取り、手燭《てしょく》を点《つ》ける。

——堀内外記さまに訴える、すまぬ。

時崎の筆跡で、そう書いてあった。

どうやら、九死に一生を得た勘定吟味役に訴えるという苦肉の策をおもいついたらしい。「すまぬ」と記した意図はよくわからぬが、相談もせず勝手な行動に出ることを謝りたかったのであろうか。

慎十郎は大股で庭を突っ切り、冠木門から外へ飛びだす。

殺気を纏った人の気配はない。

嫌な予感に苛《さいな》まれつつ、裾をからげて駆けだした。

十

堀内外記は小火で焼けだされたはずなので、焼け跡に向かっても所在はわかるまい。

夜道を彷徨いても迷うだけと考え、慎十郎は別のところへ足を向けた。

八丁堀の北端、南茅場町の大番屋である。

もちろん、平常《ふだん》ならけっして立ち寄らぬところだ。

日中は渡し船や荷船で賑わう日本橋川も静まっていた。

暗がりのなかで大番屋だけが明るく照らしだされ、人の気配も感じる。

町々にある自身番とは異なり、罪人と疑わしき者を留めおく仮牢《かりろう》もそなえ、廻り方の同心や岡っ引きが屯《たむろ》するところでもあった。

源六が居てくれれば、何かわかるかもしれない。

どうしても時崎の行方が知りたくて、藁《わら》をも摑むおもいでやってきたのだ。

「ごめん」

板戸を開け、敷居をまたぐ。

寛いでいた同心たちが、一斉に立ちあがった。

慎十郎の外見に圧倒され、恐怖を感じたのだ。

なかには、刀掛けに手を伸ばす者まであった。

「あ、いや、ちとお尋ねしたいことが」

頭を掻きながら戯《おど》けてみせると、同心たちもほっと安堵《あんど》の溜息を吐いた。

「これはこれは、毬谷の旦那」

呼ばれたほうに顔を向けると、源六が親しげに笑っている。

助かった。

「さっそく、お訪ねくだすったので」

源六の知りあいとわかり、同心たちはつまらなそうに横を向く。

みな、厄介事に関わりたくないのだろう。

「旦那、こちらへ」

板の間の片隅に導かれ、慎十郎は腰を下ろした。

源六は出涸《でが》らしの茶を運んでくる。

「茶菓子はありやせんけど、どうぞ」

「やっぱり落ちつかぬな」

「そりゃそうでしょうとも。後ろは戸板一枚隔てて仮牢でやすからね。旦那の垢じみた風体なら、ぶち込まれても文句は言えやせんよ」

「おいおい」

「冗談でやす。へへ、ところで、何のご用で」

源六は真顔になり、下から覗きこむように問うてくる。

「じつはな、堀内外記という勘定吟味役のことだ」

慎十郎が声を押し殺すと、源六は顔を寄せてきた。

「だとおもいやしたよ。じつは、御役御免になった元勘定方が堀内さまに訴えを起こしやしてね、逆しまにお縄になったんでさあ」

「まことか」

夕刻のはなしだ。目付筋に急報され、駆けつけた捕り方に捕縛されたのだという。

「ちょうど、汐留橋で旦那とおはなししている頃合いでやす。へへ、ずいぶんな驚きようだな。もしや、旦那は痘痕面の元勘定方をご存じなので」

「存じておるどころか、わしは時崎左内さまの行方を知りたかったのだ」

「それでわざわざ、あっしのところへ」

源六は眸子をきらりと光らせる。

「のっぴきならねえご事情でもおありのようだが、よろしけりゃおはなしいただけやせんかね」

慎十郎は迷ったが、正直にこたえてやった。

「おぬしにはじめて声を掛けられたあの日、日本橋で廻り方の同心に難癖をつけられてな、偶《たま》さか通りかかった時崎さまに助けてもらったのだ」

「存じておりやすけど、まさか、助けてくれたのが時崎左内だったとはね。旦那は、そのことで恩義を感じていらっしゃるんですかい」

「悪いか」

「いいえ。でも、時崎っておひとは雲井検校の命を狙っていると聞きやしたぜ」

「長谷部主水にか」

「はい。旦那は最初から、そのことに気づいていらしたのですかい」

「防についた最初の夜、刺客となって襲ってきた時崎さまと対峙した。そのときに気づいたのだ」

源六は声を出さずに笑う。

「なるほど、厄介なはなしに巻きこまれたもんだな。それで、旦那はどうしたかったんです。まさか、時崎左内を助けてやろうだなんて、今もおもっているのじゃありゃせんよね」

「助けてやりたい。できぬだろうか」

「へへ、無理でやすよ。でえち、時崎左内の訴えは勘定吟味役に届かなかったんだ。じつを言えば、堀内外記さまは心労を理由にお役を辞されるところだったようで、訴えを聞く耳なんぞ持っていなかった。時崎は騙《かた》りの浪人として縄を打たれ、小伝馬町《こでんま》の無宿牢に繋がれちまったんですぜ」

「小伝馬町の無宿牢に」

「ええ、天地がひっくり返っても、解きはなちになることはねえでしょうよ。旦那がいくら逆立ちしても、手が届かねえところだ」

「くそっ」

あからさまに口惜しがり、慎十郎は拳《こぶし》を床に叩きつける。

同心たちは驚いて尻を持ちあげたが、やはり、関わりを避けたいのか、叱りつけてはこなかった。

源六が膝を寄せ、いっそう顔を近づけてくる。

「でも旦那、時崎左内の願いを叶えてやることはできやすぜ」

「ん、どういうことだ」

「恨みを晴らしてやるんでやすよ」

源六はそう言い、白目を剥いてみせる。

雲井検校のまねをしたのだ。

「何なら、今から段取りして差しあげやしょうか」

「今から」

「善は急げと言いやすからね」

騙されるのではないか、という懸念が浮かんだ。

「何故、わしを煽る」

「あっしも十手持ちの端くれだ。手柄が欲しいんでやすよ。雲井検校の悪行はっとに知られておりやすからね」

「嘘を吐くな」

「おっと、何でもお見通しって顔だな。へへ、じつは検校にも借金がありやしてね。そっちのほうが、七兵衛に借りた額よりでけえんでやすよ」

借金を棒引きにするべく、慎十郎の腕を借りようとしているのだ。

「検校を殺《や》るにゃ、まず、長谷部主水を殺らなきゃならねえ。旦那の腕前なら、できるかもしれねえと踏みやしてね。へへ、こいつはどっちにも利がある取引だ。旦那がうんと言ってくれりゃ、きっちり段取りを組みやすぜ」

信用すべきかどうか迷うところだが、源六は拒めぬ空気を漂わせている。大番屋という独特の雰囲気に呑まれたところも少なからずあった。

慎十郎はしばらく考えたすえ、こっくりうなずいたのである。

十一

芝日蔭町通りの日比谷稲荷に祈りを捧げてから、雲井検校の屋敷に向かった。

表門ではなく、脇道から裏手へまわる。

「段取りは簡単さ」

源六は裏木戸をみつめ、囁きかけてきた。

「おれがまず、内にはいる。裏木戸を開けとくから、四半刻待ってから忍んできてほしい。検校の部屋はわかってるかい」

「ああ、わかっておる」

「上手く運べば、長谷部と斬りあわずに済む。でも、まんがいち出会したら、背中の宝刀を抜かにゃなるめえ」

「そうだな」

「へへ、頼んだぜ、旦那」

不敵な笑みを残し、源六は裏木戸に歩みよる。

慎十郎は物陰に潜み、じっと様子を窺った。

「源六でごぜえやす、ここを開けてくだせえ」

しばらくすると、若い用人が顔を差しだす。

「何だ、口入屋か」

「へえ、どうも」

源六が内に消えるのを確かめ、慎十郎は塀の土台に積まれた石の数を数えはじめた。

「ひい、ふう、みい、よ……今宵は一段と冷えるな」

爪先を擦りあわせ、その場で足踏みを繰りかえす。

背中の藤四郎吉光を腰帯に差しなおした。

鍔元を封じ紙で結んである。

人差し指で弾くと、呆気なく紙は切れた。

拇指《おやゆび》で鍔を押しだし、一気呵成《いっきかせい》に抜いてみる。

――ひゅん。

滑らかに鞘離れした本身に、月光が乱反射した。

眩《まばゆ》い光に眸子を細め、三尺に近い本身を鞘に納める。
――ごおん。
唐突に、鐘の音が響いた。
亥《い》ノ刻《こく》（午後十時頃）を報《しら》せる鐘であろう。
物陰からのっそり離れ、裏木戸に近づいていく。
右手で押すと、木戸は音も無く開いた。
慎重に一歩踏みだし、内の様子を窺う。
暗がりに目を凝らし、耳をそばだてた。
母屋へ通じる裏庭のようだ。
人の気配はない。
朝鮮灯籠《ちょうせんどうろう》のそばまで進み、身を沈めて気配を探る。
やはり、何も感じない。
すっと背筋を伸ばし、さらに進んだ。
鼻先には、母屋へつづく廊下がある。
長い廊下を何度か曲がれば、検校の寝所にたどりつくはずだ。
「よし」

気合いを入れ、沓《くつぬ》脱ぎ石に片足を掛けた。

刹那、殺気が膨らんだ。

正面の襖《ふすま》障子が左右に開き、光の束が照射されてくる。

「うっ」

人影がみえた。

用人どもが龕灯《がんどう》を何個も掲げている。

まんなかに立っているのは、長谷部主水にほかならない。

「飛んで火に入る何とやら」

長谷部の背後には雲井検校が控え、かたわらで源六が笑っている。

「ひゃはは、引っかかりやがった。おれさまが五十両首を逃すはずはあんめえ」

「まあ、そんなことだろうとおもったさ」

「強がりを言うんじゃねえ。後ろをみな」

みずともわかっている。

後ろにも殺気がわだかまっていた。

「毬谷、おぬしのために数を揃えておいたぞ」

後ろで叫ぶ声は、片耳を欠いた清水のものだ。

ざっと眺めただけでも、食いつめ浪人は十四、五人いる。

「これだけの数を相手に、生きて帰れるとおもうなよ」

慎十郎はいたって冷静だった。

疾《と》うに腹は決まっている。

降りかかる火の粉は払わねばなるまい。

「殺《や》れい」

長谷部が発した。

「そやつを斬った者には、検校さまから百両の報酬が出るぞ」

「ふわああ」

喊声《かんせい》とともに、浪人どもが殺到してくる。

慎十郎は朝鮮灯籠の陰に隠れ、躍りこんできたひとり目の首を飛ばした。

「ひぇっ」

断末魔の叫びを残し、生首が宙に浮きあがる。

一瞬の静寂が恐怖に変わり、さきほどまでの威勢は消えた。

「百両だぞ」

長谷部に焚きつけられ、清水が乗りだしてくる。

「毬谷、すまぬがあの世へ逝ってくれ」

白刃を抜き、右八相に構えた。

腰の据わりからして、かなりできる。

だが、負けぬ相手だと、慎十郎は見切った。

「止《や》めておけ。せっかく、ここまで生きたのだ」

「なあに、死ぬときは死ぬ。この世に未練はないさ」

「そのことば、ほんとうだな」

「ああ」

「ならば、容赦はせぬ」

「のぞむところ」

清水は青眼に刀を落とし、猪《いのしし》のように突進してくる。

「くおっ」

胸を突くとみせかけ、切っ先をつんと持ちあげた。

喉仏《のどぼとけ》を狙った会心の一撃である。

だが、慎十郎には相手の動きが止まってみえた。

一寸の間合いで躱し、逆しまに袈裟懸けを繰りだす。

――ずん。
信じられないことが起こった。
朝鮮灯籠が斜めに切断され、上だけがずり落ちたのだ。
それだけではない。
清水の胴も斜めに裂かれ、上半分がずり落ちてしまった。
誰もが呆気にとられ、掛かってこようとしない。
やはり、金より命のほうがだいじなのだ。
「詮方《せんかた》あるまい」
真打ちの登場となった。
長谷部は悠然と庭に降り、白足袋《しろたび》のまま近づいてくる。
そして、五間（約九・一メートル）の間合いで足を止めた。
使う剣は不傳流の居合、勝機は鞘の内にある。
廻りを囲む連中は、ぴんと張りつめた空気に固唾《かたず》を呑んだ。
「若造、一撃で仕留めてやる。苦しまずに死ねるぞ」
「それはありがたいな」
長谷部は身を沈めるや、はっとばかりに跳躍した。

飛蝗《ばった》である。
中空で抜刀し、水平斬りを仕掛けてきた。
——ひょう。
風音が刃音と重なり、慎十郎の首は飛ばされた。
いや、そうみえただけだ。
首を飛ばされたのは、長谷部のほうだった。
慎十郎もほぼ同時に、跳躍していたのである。
相手の一撃を鞘で巧みに受け、片手斬りで首を飛ばしていた。
源六は驚いて声も出せない。
「……ど、どうした、何があったのだ」
狼狽《うろた》える検校のもとに、慎十郎はゆっくり近づいていった。
源六は隙を盗み、小脇を擦り抜けていこうとする。
「逃がさぬぞ、小悪党め」
慎十郎は素早く立ちはだかり、無造作に刀を振りおろした。
「ひゃっ」
源六は眉間を割られ、ぴくりとも動かなくなる。

「……か、堪忍だ……か、金なら、いくらでもくれてやる」

必死に命乞いする検校を許す考えはない。

慎十郎は表情も変えず、宝刀を一閃《いっせん》させた。

「オンマリシエイソワカ、オンマリシエイソワカ……」

摩利支天の呪《しゅ》を唱えつつ、踵を返して裏木戸のほうへ進む。

もはや、誰ひとり掛かってくる者はいない。

血の滴る宝刀を提げた慎十郎のすがたは、人の罪業を断つ死に神か、地獄の門口に佇む鬼神のようにみえた。

十二

三日後の昼過ぎ、好機は訪れた。

朝から鎌倉《かまくら》河岸の一隅に潜み、神田橋御門外を見張りつづけていた。

駿河台に住む大身旗本たちは千代田城での勤めを終え、八つ刻頃（午後二時頃）にはこの門を通って家に戻る。

神田橋御門外から自邸までのあいだが狙い目なのだ。

狙う獲物は貝須賀恭左衛門、堀内外記が役を辞したのち、念願叶って勘定吟味役への昇進が決まったばかりであった。

時崎左内を嵌《は》めたことは明白だが、悪事を証明する手だてはない。

肝心の時崎は小伝馬町の牢に入れられたまま、解きはなちになる見込みも立っていなかった。

白洲に引きずりだすことができなければ、この世から消えてもらうしかない。

慎十郎は熟考したすえに、藤四郎吉光を握った。

封の切られた宝刀の魔力に取り憑《つ》かれたかのようでもある。

たとい悪人であろうとも、幕府の重臣を斬れば、それ相応の報いを受けねばならぬこともわかっていた。

だが、どうなろうと、自分で決めたことに悔いは残さぬ。

慎十郎は胸につぶやき、神田橋御門から出てくる役人たちを見送った。

しかし、いくら待っても、それらしき主従はやってこない。

さきほど、我慢できずに小用を足した。

運悪く、そのあいだに見逃したのだろうか。

物陰から身を離し、大路を北に駆ける。

向かうさきに、神田川の土手が迫ってきた。

昌平橋の手前を左手に折れれば、貝須賀の自邸がある幽霊坂だ。

道を曲がったところで、主従の背中をみつけた。

やはり、わずかの差で見逃していたらしい。

「ぬおっ」

慎十郎は股立《ももだ》ちを取り、坂道を駆けあがった。

駆けながら息を弾ませ、腰の刀に手を掛ける。

と、そこへ、真横から人影が躍りだしてきた。

「待て、慎十郎」

通せんぼをして阻むのは、幼馴染みの石動友之進である。

「邪魔をするな。おぬしとて、容赦はせぬぞ」

遠ざかる主従を気にしつつ、慎十郎は刀を抜きにかかる。

友之進は怒鳴りあげた。

「待てというのがわからぬか。殿が文を読まれたのだぞ」

「えっ、安董公が」

「ああ、そうだ。文をお読みになり、すぐさま、御目付に指示を出された。おぬしの望みどおり、貝須賀恭左衛門は白洲で裁かれることになろう」

「まことか」

「嘘だとおもうなら、今から貝須賀の自邸へ参ろう。おそらく、御目付の使者が待ちかまえておるはずだ」

貝須賀は謹慎の沙汰を受け、後日、正式に裁かれることになるという。

「友之進、すまぬ。さすが、持つべきものは友だ」

「都合のよいことを抜かすな。それとな、もうひとつ朗報がある」

「何だ」

身を乗りだすと、友之進はもったいぶるように間を開けた。

「近いうちに、時崎左内は解きはなちになる。おそらく、お役目への復帰も叶うであろうとのことだ」

「……ま、まことかよ」

おもわず、嬉し涙が溢れてくる。

「大の大人が泣くな」

厳しい口調の友之進も、目を赤くさせていた。

「時崎左内のことは、ちと調べてみた。病がちの母親がおるようだな」

「ああ」

「それと、許嫁だった武家の娘もおるようではないか」

「そのとおりだ」

「わかっておるなら、とことん世話を焼いてやったらどうだ。時崎左内の立場になってみれば、いかに過酷な日々を過ごしてきたかは、わしでもわかる。鬱々《うつうつ》とした心を救ってやらねば、役目に戻ることすらままならぬかもしれぬ」

「友之進、おぬし、そこまで考えてくれたのか。感謝してもしきれぬぞ」

「すべて、殿のご配慮だ。感謝するなら、殿にいたせ」

背をみせて遠ざかる友之進に、慎十郎は深々と頭を下げた。

そして、数日のうちにすべて段取りを整え、その日の朝を迎えたのである。

「恵比寿講《えびすこう》か」

商家の集まる辺りは、朝から賑わいをみせていた。

だが、小伝馬町の牢屋敷周辺だけは、凍てつくほどの空気に包まれている。

臭い溝《どぶ》と高い塀に囲まれた牢屋敷の表口は西側、裏口は東側にあった。

慎十郎もかつて繋がれたことがあったので、勝手はよく知っている。

表口ではなく、裏口にまわった。

神田堀に架かる九道橋《くどう》を渡ってくる往来で、人形町通りを抜けて銀座《ぎんざ》まで繋がっている。

道幅は広いものの、牢屋敷の不浄門を嫌ってか、平常から人影は少ない。

囚《とら》われた者で処刑された者や病で亡くなった者は、こちらの門から桶《おけ》で人知れず外へ運ばれる。解きはなちになる侍も稀にはあったが、お上のほうで受け皿を用意してくれるはずはない。噂を聞きつけて近親者が迎えに来る例はあっても、たいていは待ち人もなく、襤褸《ぼろ》屑《くず》のような形で放《ほう》りだされた。

おそらく、時崎左内もあきらめていたのであろう。

すっかり窶《やつ》れきったすがたで裏門から出てきた瞬間、ことばを失って惚《ほう》けたように佇んでしまった。

「左内どの」

まっさきに声をあげたのは、高品又右衛門である。

慎十郎が懸命に説きふせ、重い腰をあげさせたのだ。

高品は勘定方の古株で、時崎の人品骨柄を高く評価している。

それもあって、一度は娘の結衣を娶《めと》らせることに決めていた。

又右衛門のかたわらには、時崎の老いた母も佇んでいる。

そして、母には結衣がしっかりと寄り添っていた。

「……ゆ、結衣どの」

時崎はふらつくような足取りになり、こちらへゆっくり近づいてくる。

おそらく、牢役人から事情は何ひとつ知らされていなかったのだろう。

まだ、夢をみているような顔をしている。

「夢ではござらぬ」

慎十郎が発するや、時崎は我に返った。

「貝須賀は」

真顔で問われ、慎十郎は胸を張る。

「謹慎となり申した。雲井検校も成敗つかまつった」

「……か、かたじけない」

「そんなことより、みなさまにご挨拶《あいさつ》を」

時崎は促されても、恥じ入るように下を向く。

「挨拶など、できる身ではない。解きはなちになっても、それがしは一介の浪人にすぎぬ。出迎えていただいたところで、詮無いはなしだ」

「いいや、そんなことはないぞ」

高品が歩みより、時崎の肩に手を置いた。

「結衣はな、この日を待っておったのだ」

「まさか、それがしを好いていてくれたと」

「そうじゃ。縁談が流れたあと、結衣は死のうとまでした。そこまで、おぬしのことをおもっておったのだ。たとい、侍でなくなっても、おぬしと添い遂げたい。そうとも言った。無論、わしは許さなんだ。たいせつな一人娘を、甲斐性《かいしょう》無しの野良犬にくれてやるわけにはいかぬ。それほど物わかりのよい父親ではないのでな。されど、おぬしは侍を辞めずともよい。ご老中の脇坂中務大輔さまによる格別のおはからいで、元の鞘に戻ることができる」

「まことにござりますか」

「まことじゃ。ともども、毬谷どのに感謝せねばならぬ」

時崎は顎《あご》をわなわな震わせ、老いた母の顔をみつめた。

母はことばもなく、ただ嬉し涙に暮れている。

時崎は何度もうなずき、結衣のほうへ顔を向けた。

「結衣どの、わしでよいのか」

「もちろんにござります」

ふたりは短いことばを交わし、人目も憚《はばか》らずに抱きあう。
慎十郎は目のやり場に困り、そっとふたりに背を向けた。
ふと、ひとつだけ問いたかったことをおもいだす。
——おぬしはまことに、千葉周作と闘って勝ったのか。
仲睦《なかむつ》まじいふたりの様子をみれば、無粋《ぶすい》な問いかけなどできようはずもない。
「まあよいか」
慎十郎はほっと溜息を吐き、ひとり牢屋敷から離れていった。

葉隠《はがくれ》の婿《むこ》

一

霜月朔日《しもつきさくじつ》は芝居正月で二日は初子《はつね》、浅草の待乳山聖天《まつちやましようでん》では「福来《ふくらい》」と呼ぶ二股《ふたまた》大根を奉納し、五穀豊穣《ごこくほうじよう》と子孫繁栄《しそんはんえい》を祈念する。

慎十郎は人恋しくなり、湯島《ゆしま》から池之端《いけのはた》を通って不忍池の畔《ほとり》までやってきた。

「福来、福来……」

この辺りにも二股大根を売りにくる百姓がいるのだろうか。

慎十郎は足を止めた。

左手の無縁坂を上れば、丹波道場に行きつく。

咲や一徹に会いたくなった。が、どの面下げて会えばよいのか。

一年余り前、ふらりと居なくなったことに腹を立てているはずだ。

謝って許してもらえるのならば、土下座くらいはする気でやってきた。

名称どおりに衆生《しゅじょう》との縁が薄いのか、無縁坂の周辺は閑寂《かんじゃく》としている。箒《ほうき》で掃く者すらいないようで、坂道の一面には落ち葉が堆積していた。

見慣れた門のそばまでやってくる。

恐る恐る潜《くぐ》りぬけたが、誰《だれ》もいない。

庭を突っ切って道場まで進み、内を覗《のぞ》いても薄暗い。

仕方なく踵《きびす》を返すと、庭の片隅から嗄《か》れた声が掛かった。

「ほう、江戸に戻っておったか」

野良着姿の一徹が、土まみれの顔を差しだす。

「芋を掘っておったのじゃ。ほれ」

八つ頭であろうか、小粒の芋が何個もくっついた蔓《つる》を持ちあげ、一徹は「よっこらしょっ」と腰を伸ばす。

髪はいっそう白くなり、顔の皺《しわ》も増えたように感じられた。

「咲を嫁にやるぞ」

のっけから突きつけられた台詞に、心ノ臓がばくばくしはじめる。

その様子を楽しむかのように、一徹はつづけた。

「相手は上総国飯野《かずさのくにいいの》藩の剣術指南役じゃ。森要蔵《もりようぞう》と申してな」

「えっ、玄武館の森要蔵にござりますか」

「おう、そうじゃ。知りあいか」

「ずいぶんむかしになりますが、道場破りで申し合いをやりました」

「そう言えば、聞いたことがあったな」

「それがしが勝ちましてござる」

「偉そうに申すな。森は玄武館四天王のひとりじゃった。精進を重ね、麻布永坂《あざぶながさか》に道場を開き、縁あって飯野藩に呼ばれた。道場破りのついでに勝ったからというて、自慢にはならぬ。何せ、相手は今や禄貰《ろくもら》いじゃ。おぬしがすっぽんなら、森は月。ずいぶん、差が開いたものよのう」

「まことに、咲どのは森といっしょになるのですか」

「森の恩師である千葉周作にどうしてもと言われたら、拒むわけにもいくまい。わしも早う曾孫《ひまご》の顔がみとうなったゆえ、ふたつ返事で受けたのじゃ」

「ふたつ返事で」

「わるいか」

「……い、いいえ。されど、咲どのは森でよいのですか」

「文句はあるまい。森は咲より強いからな」

たしかに、咲にとって自分よりも強い相手であることが、唯一、夫にするための条件だった。

「はあ」

「おぬしは最初から弾《はじ》かれておる。何せ、咲に鼻っ柱を折られたからのう」

「寄っていくか」

「いいえ」

「戻るさきはあるのか」

「ござります」

「ふうん、ならば止めまい。おぬしがおらぬと、美味《うま》い飯にありつけぬ。それだけが心残りであったが、まあ、飯くらいは不味《まず》くとも我慢できる。さればな、気が向いたら、飯でも作りにこい」

「はい」

頭《こうべ》を垂れ、肩を落とし、道場をあとにする。

途轍《とてつ》もない虚《むな》しさが襲いかかってきた。

神田川を渡って当《あ》て所《ど》もなく日本橋周辺を歩き、賑《にぎ》やかな往来にたどりつく。

風にはためく派手な幟《のぼり》に高い櫓《やぐら》の数々、芝居小屋の集まる堺町《さかい》の界隈《かいわい》にちがいない。

「おら、退《の》きやがれ」

物騒な一団が往来のまんなかを我が物顔で歩いていた。

なかでも目を引く大男は、相撲《すもう》取りにしかみえない。

帯刀を許されているので、大名のお抱えであろうか。

大男は年寄りの襟首《えりくび》を摑《つか》み、顔を寄せて脅《おど》しあげていた。

「何処《どこ》に目をつけていやがる。おれさまの鞘《さや》に触れやがって。謝り賃は十両だ。十両払えば許してやる」

難癖をつけているとわかっても、周囲の連中は恐がって近づこうとしない。

もちろん、慎十郎はみてみぬふりができなかった。

股立《ももだ》ちを取り、脱兎《だっと》のごとく駆けだす。

「おい、放してやれ」

後ろから諫《いさ》めると、大男はぎろりと目を剝《む》いた。

「誰だてめえ、おれさまのことを知らねえのか」

「ああ、知らぬ」

「不知火《しらぬい》伝《でん》右衛《え》門《もん》だぞ」

「それは四股名《しこな》か」

「あたりめえだ。加賀《かが》藩お抱えの歴《れっき》とした力士だぞ」

「ふうん、歴とした力士が年寄りを脅して金を巻きあげるのか。世も末だな」

「おぬし、首をへし折られてえのか」

「できぬことをほざくな」

「力士の膂力《りょりょく》がわからぬとみえる。ぶちかましてやろうか」

「やってみるがよい」

慎十郎は刀を鞘ごと腰から抜き、遠巻きにする野次馬のひとりに預かってもらう。

「力士相手に素手で勝負するのか。ふふ、いい度胸だ」

不知火伝右衛門は四股を踏みだした。

「よいしょ、よいしょ」

乾分《こぶん》どもが合いの手を入れると、地面の揺れが伝わってくる。

「八卦《はっけ》よい」

野次馬どもまでが調子に乗って叫んだ。

伝右衛門は土を蹴《け》り、前歯を剥いて迫る。

慎十郎は腰を落として身構えた。

逃げる気はない。
真正面から受けるつもりだ。
――どん。
胸をどつかれた。
と同時に、後ろに二間（約三・六メートル）余りも吹っ飛ぶ。
さすが、相撲取りだ。
頭が真っ白になった。
慎十郎は首を振り、のっそり立ちあがる。
「土下座すれば許してやるぞ」
伝右衛門は豪快に嗤《わら》った。
慎十郎は黙って身構える。
「ふん、懲《こ》りぬやつめ」
ふたたび、伝右衛門は土を蹴った。
――どん。
強烈にどつかれ、慎十郎は吹っ飛ばされる。
それでも起きあがり、どっしり腰を落として身構えた。

「こやつめ」

伝右衛門は怒鳴り、さらに土を蹴りあげる。

同じことが五度、六度と繰りかえされ、野次馬からも溜息《ためいき》が漏《も》れた。

「期待して損したぜ」

周囲の声には耳も貸さず、慎十郎は土まみれの襤褸《ぼろ》屑《くず》になっても、果敢に起きあがってくる。

「まるで、起きあがり小法師《こぼし》だな」

十数度同じことが繰りかえされると、伝右衛門のほうが疲れ、肩で激しく息をしはじめた。

「……お、おぬし、まだやる気なのか」

「遠慮するな。何なら、こっちから参ろうか」

慎十郎は両手を地べたにつき、腹の底から声を振りしぼる。

「八卦よい」

土を蹴りあげ、相手の胸へ頭から当たっていった。

「ぐおっ」

不知火伝右衛門の巨体が、藁《わら》人形のように吹っ飛んだ。

仰向けに倒れたまま、容易に起きあがってこない。

近づいてみると、気を失っていた。

「ふん、鍛え方が足りぬな」

慎十郎は吐きすて、裾《すそ》の埃《ほこり》をぱんと払った。

「よっ、色男」

人垣のほうから万雷の拍手が沸きおこる。

脅されていた年寄りも、泣きながら袖に縋《すが》りついてきた。

やがて、不知火一味がすごすご去ると、野次馬たちも散っていった。

「もし」

背中に掛けられた声に振りむくと、妙齢の武家娘が立っている。

「お願い事がござります。わたくしと祝言《しゅうげん》をあげていただけませぬか」

藪《やぶ》から棒に言われ、驚いて声も出せない。

娘の顔は真剣そのものだ。

「まことの夫婦ではありませぬ。嘘《うそ》の祝言にござります」

「嘘の」

「はい。父にどうしても花嫁姿をみせてあげたいのです」

切羽詰まった物言いだった。

何か拠所《よんどころ》ない事情でもあるのだろう。

それでも、応じられずにいると、娘はつっと身を寄せ、袖を引っぱろうとする。

「わたくしに従《つ》いてきていただけませぬか」

「今からか」

「はい」

有無を言わせぬ迫力に抗《あらが》い難いものを感じ、慎十郎は娘の背中にしたがった。

二

月代《さかやき》と髭《ひげ》を剃《そ》ってさっぱりした顔になり、損料屋で羽織と袴《はかま》も借りた。

「申し遅れました。わたくし、船橋冬《ふなばしふゆ》と申します。父の角馬《かくま》は佐賀《さが》藩の元藩士で、一時は剣術指南役もつとめておりましたが、五年前に藩籍を離れて以来、浪人暮らしをしております」

父ひとり娘ひとり、神楽坂《かぐらざか》上の貧乏長屋で爪《つめ》に火を灯《とも》すように暮らしている。

浪人をはじめた当初は筆耕や唐本の書写で生活《たつき》を立てていたが、どうしたわけか、半年も経《た》たぬうちに藩から捨て扶持《ふち》を貰うようになった。それからは真面目《まじめ》に稼ぐ気力を失い、扶持は父の呑《の》み代ですべて消えてしまい、娘の冬が楊枝《ようじ》屋に奉公してどうにか繋《つな》いでいる。

しかし、案じられるのは暮らしのことよりも父の容態だった。酒量が過ぎることもあって頻繁に咳《せ》きこみ、吐血することも一度ならずあるという。

「吐血か」

「はい。お医者さまに尋ねたところ、そう長くは生きられぬだろうと。本人も薄々勘づいているのか、以前よりもいっそう酒量が増えました」

冬はひとつだけでも父の望みを叶《かな》えてあげたいとおもい、折りをみて尋ねてみたのだという。

「そうしたら、父は寂しげに花嫁姿がみたいとこぼしました。わたくしは決意したのでござります。嘘でも、夫を演じてくれる相手をみつけようと」

冬の熱い気持ちを知り、慎十郎は助けてやりたくなった。

「わしなんぞでよいのか」

「相撲取りの狼藉者《ろうぜきもの》にたいし、あなたさまは一歩も怯《ひる》まれなかった。あれだけの胆力《たんりょく》がおありなら、わたくしともども、父に嘘を吐《つ》きとおしていただけるにちがいないと、そう確信いたしました。ところで、まだ御姓名を聞いておりませなんだ」

「毬谷慎十郎でござる」

「何処《いずこ》かの藩におられたのですか」

「播州龍野藩だ。出奔し、今は浪人の身よ」

「好都合にござります。巧《うま》くいったあかつきには、些少《さしょう》ながら御礼も」

「礼などいらぬ。乗りかかった船ゆえな」

「ありがとう存じます」

傍《はた》からみれば、仲睦《なかむつ》まじい男女にみえただろう。

ふたりは親しげに喋《しゃべ》りながら濠《ほり》沿いの道を進み、神楽坂下にたどりついた。

夕陽《ゆうひ》を映した川面《かわも》は煌《きら》めき、河岸には荷船が何艘《そう》も行き来している。

坂道を上がるにつれて、足が重く感じられた。

やはり、嘘を吐くことに抵抗があるのだろう。

平常《ふだん》ならば、このようなはなしには乗るまい。咲の縁談話で虚しい気分になっていたのかもしれなかった。

冬は健脚らしく、どんどんさきに進む。

立ち止まっては振りかえり、にっこり微笑んでみせた。

愛らしい娘だ。

父を慕う気持ちにも絆《ほだ》される。

本物の夫婦になることを空想し、慎十郎は首を振った。

偽りなのだ、騙《だま》されるなと、胸につぶやきつづける。

坂上にたどりつき、しばらく歩いて毘沙門《びしゃもん》堂のある善國寺を過ぎた。

過ぎたさきで、冬は左手に曲がる。

「藁店《わらだな》にございます」

貧乏人たちの住む棟割《むねわり》長屋が並んでおり、侍装束の男女はあきらかに浮いてみえた。

冬はさきに進み、朽ちかけた木戸口に差しかかる。

「おや、冬さまじゃねえか」

「ただいま、おじさん」

芋を焼く木戸番の親爺《おやじ》らしい。

「お父上はいねえよ。河岸の居酒屋で昼の日中から呑んでいなさるのさ。ふん、いいご身分だぜ。そちらは、どなたさまだい」

「毬谷慎十郎さま、わたくしの夫になられるお方です」

「ひぇっ」

親爺は驚き、尻餅《しりもち》をつく。

「どうも」

慎十郎は真っ赤な顔で挨拶《あいさつ》し、親爺に手を差しのべた。

親爺は木戸の内へ招きいれ、どぶ板を踏んで駆けだすと、長屋の連中に大声で触れてまわる。

「冬さまが旦那《だんな》さまをお連れしたぞ。名前《なめ》えは毬谷慎十郎、あそこのでけえおひとのことだ」

部屋という部屋から、好奇心いっぱいの顔が差しだされた。

歯の抜けた婆《ばば》ぁもいれば、子守りの嬶《かか》ぁや洟垂《はなた》れもいる。若い者の多くは仕事で留守にしているようだが、夜着を纏《まと》った甲斐性無《かいしょうな》しや居職の職人なども見受けられた。

するとそこへ、みすぼらしい風体の老い侍がひょっこり戻ってくる。

「おっと、お父上のお帰りだ」

父の船橋角馬にまちがいない。

元剣術指南役の面影は微塵《みじん》もなく、冬が「お帰りなされませ」と言っても、うなずきもしなかった。

「お初にお目に掛かります」

慎十郎が挨拶をすると、濁《にご》った眸子《まなこ》で睨《にら》みつけてくる。

「おぬしは誰だ」

殺気が膨らむ。

まるで、申し合いのようだ。

長屋の連中は固唾《かたず》を呑む。

冬が口を開いた。

「父上」

「うるさい、おまえは黙っておれ。わしはそこの若造に聞いておるのだ。いったい、おぬしは誰だ」

「毬谷慎十郎にござります」

襟を正すと、顎《あご》を突きだし、酒臭い息を吐きかけてくる。

「こんなところで何をしておる」

「冬どのを嫁に迎えたくおもい、お許しを得るべく参上つかまつりました」

「おぬし、勤番か」

「はっ、播州龍野藩の番士にござります。恥ずかしながら、楊枝屋の売り子をなさっていた冬どのに岡惚《おかぼ》れいたしました」

存外に淀《よど》みなく、冬に吹きこまれた嘘を吐いた。

「岡惚れだと、胡散臭《うさんくさ》いはなしだのう」

見抜かれたのかもしれぬと、疑心暗鬼《ぎしんあんき》になった。

危ういと察したのか、冬が割りこんでくる。

「父上、毬谷さまは心根のお優しい方にございます。しかも、歴とした藩士であられます」

「そうだそうだ、わるいはなしじゃやねえ」

長屋の連中も黙っていられず、つぎつぎに合いの手を入れる。

何やら、胸苦しくなってきた。

父親だけではなく、長屋の連中も騙しているのだ。

それでも、与えられた役目を全うしなければならぬ。

強い気持ちで言いかけた。

「お願いにござります。冬どのを、それがしに……」

突如、角馬は「やらん」と怒鳴りあげる。

「……ど、どうして」

「聞きたいか。それはな、わしの飯炊《めした》きがおらぬようになるからだ」

「何と。父親のくせに、娘の幸福を第一に考えぬのか」

腹が立った。

おもわず一歩踏みだし、角馬の襟首を摑んでしまう。

「お待ちくだされ」

冬が飛びこんで事なきを得たが、角馬には「二度と来るな」と吐きすてられた。

「ごめん」

慎十郎は背を向け、どぶ板を乱暴に踏みつけながら外へ出た。

「毬谷さま、お待ちくだされ……」

冬が必死に追いかけてくる。

「……父の無礼をお許しください」

「いや、よいのだ。嘘を吐いた罰が当たったのかもしれぬ」

冬は否定もせず、悲しげに俯《うつむ》いてしまう。

「もう、行ってしまわれるのですか」

「申し訳ないが、わしにできるのはここまでだ」

「せめて、お住まいだけでもお聞かせください」

「麻布狸穴《まみあな》坂の坂下だ。ここと似たり寄ったりの貧乏長屋に住んでおる」

「お教えくださり、ありがとう存じます」

「訪ねてこられても、つづきはできぬぞ。すまぬが、あきらめてくれ」

返事も聞かず、背を向けて早足に遠ざかる。

冬の溜息が聞こえ、耳をふさぎたくなった。

三

もうすぐ、一陽来復《いちようらいふく》の冬至《とうじ》がやってくる。

藁店を訪ねてから十日余りが過ぎ、船橋冬のことなどすっかり忘れてしまった。

慎十郎は狸穴坂下の古寺を借り、長屋の子どもたちに剣術と読み書きを教えている。束脩《そくしゅう》はない。それでも、大人たちは食べ物をお裾分けしてくれるし、洗い物や縫《ぬ》い物の面倒もみてくれる。貧乏でも気儘《きまま》な暮らしを楽しんでいた。

「ちんとんとん、ちちとんとん……」

今宵《こよい》も大家の吉三《よしぞう》が、口三味線で都々逸《どどいつ》を唄《うた》っている。

「……惚れた腫《は》れたと騒いでみても、他人《ひと》の情婦《いろ》にゃ触れられもせぬ」

以前は辻《つじ》講釈をしていただけあって、名調子につい聞き入ってしまう。

「慎十郎先生、冬至と言えば、南瓜《かぼちゃ》に柚子《ゆず》湯だろ。それに、七五三てえのもある。その後は寒の入りだから、初雪が降るかもな。信州《しんしゅう》や越後から椋鳥《むくどり》たちも出稼ぎにやってくる。鯊《はぜ》釣りに新酒に、あとは何だ。そうそう、星祭ってのがあるな。柳島《やなぎしま》の妙見《みようけん》さんじゃ、盛大な祭があるんだろう。何せ、ご本尊は北辰《ほくしん》だ。北辰と言えば、北辰一刀流の玄武館だよな。お玉ヶ池の道場では、他流試合をやるそうだ。我こそはと望む者ならば、誰でも参じられるとか。先生、腕試しに行ってみたらどうだい。玄武館の猛者《もさ》どもを叩《たた》きのめしてやれば、ちったあ、おんぼろ道場の評判もあがるってもんだ。侍どもがわんさか押しよせりゃ、束脩のおこぼれで貧乏長屋も潤うってわけ。ふへへ、そんなことはまんがいちにもあるはずねえか」

吉三は笑って済ませたが、千葉周作と立ち合えるかもしれぬとおもったら、めらめら闘志が燃えてきた。

いざ、冬至の日を迎えると、慎十郎は藤四郎吉光を腰に差したのである。

空は快晴、貴重な冬日和だ。

「先生、蒲団《ふとん》を干しとくよ」

洗濯女のたけに送りだされ、貧乏長屋を飛びだした。

路傍に咲く山茶花《さざんか》を眺めれば、冬の顔が甦《よみがえ》ってくる。

一方、咲の顔は浮かんでこない。

一年の空白が記憶を薄れさせているのか。

それとも、忘れようとする意志がそうさせるのか。

「わからぬ」

咲に惚れているのかどうかさえ、わからなくなってくる。

「森要蔵でよいのか、くそっ、あんなやつ」

悪態は嫉妬《しっと》の裏返しにまちがいあるまい。

しかし、咲を嫁にするなどと、考えたこともなかった。

揺れる心を持てあましつつ、慎十郎は日本橋までやってきた。

大所帯の玄武館は、今は名だけが残るお玉ヶ池のそばにあった。

三千八百坪という広大な敷地に、八間四方二階建ての道場が建っており、二階には五十人からの門弟たちが寝起きしている。只で飯も食わせてもらえるので、門弟になりたい者たちが全国津々浦々《つつうらうら》から集まってきた。月謝は年六両と高いが、ほとんどの者は払っておらず、藩のほうで立て替えるかたちになっている。

「久方ぶりだな」

千葉周作には何度か会っていた。力量を認めてもらい、都度、ありがたいことばも頂戴した。すべては、一徹の関わりから繋がった縁である。望んでも立ち合ってはもらえず、いつも「やるまでもない」と軽くあしらわれた。屈辱を踏台にして生きてきたと言っても大袈裟《おおげさ》ではない。廻国《かいこく》修行に旅立ったのも、千葉周作という大きな壁を超えるための試練でしかなかった。

道場からは威勢のよい掛け声が響いてくる。

「えい、やあ、たあ」

さすが、江戸随一の隆盛を誇る玄武館だ。

森要蔵は道場におるまいが、できることならもう一度立ち合い、完膚《かんぷ》無きまでに叩きのめしてやりたかった。

「御免」

ひとこと断り、道場の内に踏みこむ。

「あっ、毬谷慎十郎ではないか」

親しげに叫んだのは、玄武館四天王のひとりでもある庄司弁吉《しょうじべんきち》だった。

たしか、同い年のはずだ。

あいかわらず、生気に満ちている。

「おぬし、何しに参った。まさか、道場破りではあるまいな」

「お望みならば」

「ふん、減らず口は以前といっしょだな。されど、むかしのことを知る者はほとんどおらぬぞ」

門弟の入れ替わりが激しいのであろう。

「千葉先生は」

「お忙しくてな、道場におられたためしがない。おそらく、今ごろは水戸《みと》であろうよ」

「そう言えば、庄司どのは水戸藩士だったな」

「さよう。以前は水戸藩士が席捲《せっけん》しておったが、今は寄り合い所帯だ。尾張《おわり》、加賀、薩摩《さつま》、柳川《やながわ》……出自もいろいろでな」

「他流試合を催《もよお》されておられると聞いたが」

「遅いぞ。名声を求めて大勢やってきたが、ことごとく、わしが相手になるまえに敗れ去った。じつは、凄《すさ》まじく強いのがひとりおってな」

「ほう」

興味を惹《ひ》かれた。

「おぬしは知らぬ。海保《かいほ》帆平《はんぺい》という安中《あんなか》藩の藩士だ」

十四で弟子入りし、たった五年弱で免許皆伝になった。千葉周作も認める実力の持ち主らしい。

「齢《よわい》は十九だが、わしより強い。おぬし、やってみるか」

そのために来たようなものだ。

「お願いいたす」

押しだしの強さは誰にも負けない。慎十郎が大きなからだで道場の中央へ進むと、門弟たちは避けるように稽古《けいこ》を中断した。

「海保、海保帆平はおるか」

庄司に呼ばれ、大柄で色白の若武者がやってくる。

「海保にござる。何用でしょう」

人を食った物言いだ。倒し甲斐があるかもしれぬ。

「海保、好敵手あらわるだ」

慎十郎は頭を垂れた。

「毬谷慎十郎でござる」

「はあ」

「おい、海保、きちんと挨拶せぬか。毬谷はな、森要蔵に白目を剝かせた男だぞ」

あのころは江戸で知らぬ者もいない剣客だったが、今ではすっかり忘れ去られてしまったようだ。

庄司が寝ぼけた問いを投げかけてきた。

「毬谷、おぬしの流派は何であったかな」

「雖井蛙流だ」

憮然《ぶぜん》と応じるや、門弟たちから失笑が漏れた。

海保も片頬《かたほお》で笑っている。

「何が可笑《おか》しい」

庄司に問われ、海保はこたえた。

「雖井蛙流は返し技のみを修得する珍妙な流派、ひとことで申せば、邪道にござる。さような流派を修めた御仁を負かしても何の得にもなりませぬが」

「生意気なやつめ。おぬし、毬谷慎十郎の強さを知らぬようだな。ふん、まあよい。立ち合ってみよ」

「はあ」

庄司みずから、ふたりに一本ずつ竹刀を渡す。

門弟たちは道場の端に座り、申し合いの行方を見守った。

ふたりは離れて対峙《たいじ》し、立礼をしてから間合いを詰める。
「きえい」
海保は気合いを発し、青眼から無造作に攻めてきた。
切っ先を鶺鴒《せきれい》の尾のように動かし、注意を逸《そ》らそうとする。
北辰一刀流、独特の攻め手だ。
が、慎十郎には手の内がみえる。
おもったとおり、不意を衝《つ》く上段打ちがきた。
――ばしっ。
これを弾かずに受ける。
「ん」
予想以上の重みだ。
全身に震えが走る。武者震いだ。
海保は巨体を生かし、乗りかかってくる。
慎十郎は絶妙の機を捉《とら》えてすかし、横転しながら胴を叩いた。
「浅い」
充分な一手にもかかわらず、海保自身が首を左右に振る。

死んでも負けを認めぬ面構えだ。

「つづけよ」

行司役の庄司も叫んだ。

海保は三間の間合いを保ち、容易に掛かってこなくなる。

慎十郎の強さが肌でわかったのだ。

後《ご》の先《せん》に徹し、勝ちを拾う気であろう。

「待て」

庄司が門弟のひとりに桝《ます》を持ってこさせた。

何をするかとおもえば、床に豆を撒《ま》きはじめる。

わざと足下を悪条件にするのも、千葉周作が考案した手法のひとつだった。

馴《な》れている海保のためにしたことであろうが、慎十郎には痛くも痒《かゆ》くもない。

かえって修羅場を踏んできたぶん、優位に立つことができるだろう。

「されば、こちらからまいろう」

慎十郎は平然と豆を踏みしめ、即座に間合いを詰める。

「へやっ」

右八相から袈裟《けさ》懸《が》けを狙《ねら》い、相手の上体を起こしたところで、今度は臑《すねう》打ちを繰りだす。
北辰一刀流の「浮足くずし」であった。
海保は跳躍して何とか避け、豆を踏んで顔を歪《ゆが》める。
それでも、奥義《おうぎ》を繰りだしてきた。
「ぬりゃっ」
下段青眼《せいがん》から突きに転じ、左右の袈裟懸けから二段突きを仕掛けてくる。
いずれも、指南免許を許された者しか使えぬ奥義であった。
これを慎十郎は、突きには突き、袈裟懸けには袈裟懸けと、ことごとく躱《かわ》しきる。
ついには、巌《いわお》のごとく微動もしなくなった。
――打てども突けども、俄然不動。
と、伝書にも記されているとおりだ。
頃合《ころあ》い良しとみるや、反撃に転じる。
「いやっ」
天にも轟《とどろ》く気合いもろとも、片手持ちの竹刀を大上段から振りおろす。
――ばしゅっ。
木《こ》っ端《ぱ》が飛んだ。

海保は脳天を打ちぬかれ、白目を剝いてくずおれる。

振りおろすときは、肛門《こうもん》まで打ち抜く覚悟を持て。

「一本」

水を打ったような静けさのなか、庄司弁吉の口惜《くちお》しげな声が響いた。

四

海保帆平に勝ったという噂《うわさ》は江戸じゅうを駆けめぐり、麻布狸穴の道場は一時ながら活況を呈した。

勤番侍も大勢押しよせ、門弟にしてほしいと頼みこむ。なかには、道場を移せと薦める者もあったが、面倒臭いので拒んだ。あくまでも教える者の中心は長屋の子どもたちなので、その一線だけはくずさずにいると、ほどなくして侍どもは潮が引くように居なくなった。

金儲《かねもう》けを目論《もくろ》んだ大家はがっかり肩を落としたが、長屋の住人たちは安堵《あんど》の溜息を吐いた。

冬至から五日経ち、江戸に初雪が降った。

「わあい、雪だ雪だ」

洟垂れどもは犬のように駆けまわり、さっそく門前に雪だるまが並んだ。

慎十郎は稽古も手習いも止《や》めにし、いっしょになって雪遊びに興じた。

雪は午後になっても降りつづき、真っ白な布ですっぽり覆われた道場へ、髪を茶筅《ちゃせん》髷《まげ》に結った女剣士がやってきた。

咲である。

慎十郎は気配を察し、裸足《はだし》のまま表口から駆けだした。

「咲どの」

そのさきのことばが出てこない。

咲は冷めた目を向け、怒りをふくんだ声で言いはなつ。

「千葉先生の使いでまいった」

「えっ、千葉先生の」

「二十八日は妙見菩薩《みょうけんぼさつ》の縁日ゆえ、国土《こくど》安寧《あんねい》ならびに衆生《しゅじょう》救済の祈念試合を催す。身支度をととのえ、玄武館へ参られたしとのこと」

「千葉周作と申し合いができると、さように解釈してよいのか」

「さよう、小躍りして喜ぶがよい」

咲に言われずとも、慎十郎は小躍りして喜んだ。

が、はたとおもい返し、真顔になる。

「咲どの、森要蔵の嫁になると聞いたが、まことのはなしか」

「お祖父《じい》さまに聞いたな」

「ふむ」

「さようなはなし、一年余も行方知れずの者には関わりのないこと」

「怒っておるのか」

「怒りなど疾《と》うに失《う》せたわ」

「そんな。以前のように親しくしてくれぬか。咲どの、それがしはな……」

おもいきって恋情を伝えようとしたところへ、洟垂れの太一《たいち》がやってきた。

「先生、綺麗《きれい》なおひとが来たよ」

「へっ」

「武家娘さ。何でも、先生と祝言をあげる約束をしたとかしねえとか」

「……な、何だと」

咲は唇を嚙《か》みしめ、狼狽《うろた》えた慎十郎の顔を睨みつけた。

門を潜《くぐ》ってあらわれたのは、御高祖頭巾《おこそずきん》をかぶった冬にほかならない。

「毬谷さま、ご迷惑とは知りつつも、勇気を出して参りました」

「勇気を出して……だと」

咲の唇が怒りに震えている。

ばっさり斬《き》られるのではないかと、慎十郎はおもった。

冬は咲に気づき、楚々《そそ》とした仕種《しぐさ》でお辞儀をする。

「気づかずに、ご無礼いたしました」

咲は我に返った。

「いいえ、こちらこそ。わたくしの用は済みました」

慎十郎に背を向け、すたすた去っていく。

「待ってくれ、咲どの、誤解しておる、これには深い事情があるのだ」

咲は振りむきもせず、門の向こうに消えていった。

急いで駆けだし、門を飛びこえる。

顔を差しだして左右をみても、咲はいない。

「おらぬ、くそったれめ」

仕方なく、慎十郎は踵を返した。

「申し訳ございませぬ。わたくしのせいで、何か気まずいことに」

「いいや、おぬしのせいではない」

「あのお方は、女性《にょしょう》であられましょうか」

「いかにもな。わしの鼻っ柱を折ったほどの遣い手だ」

「羨《うらや》ましゅうございます。わたくしにも剣の才覚があれば。いいえ、わたくしが男であったならば、父の願いに報いられたやもしれませぬ」

「お父上の願いとは」

「剣術指南役を継ぐことにございます」

「そう言えば、藩籍を離れた事情を聞いておらなんだな」

浪人になったにもかかわらず、佐賀藩から捨て扶持を貰っていることも妙だとはおもったが、立ち入ったことなので聞かずにおいたのだ。

「わたくしにも詳しいことはわかりませぬ。父は何もはなしてくれぬのです。ただ」

「ただ、何であろうな」

「むかし父に手ほどきを受けた藩士の方々がはなしているのを、小耳に挟んだことがございました」

「ほう」

「父は何らかの密命を受け、それを果たしたがゆえに藩を去らねばならなかった。密命の中味を口外させぬために、藩は捨て扶持を与えているのだと、そのような内容にございます」

「そのはなし、冬どのは信じておられるのか」

「昨日までは、信じておりませんでした」

「昨日までは」

「はい。じつは、父に『帰参が叶うやもしれぬ』と告げられたのです。しかも、五十両もの大金を渡されました。『これは支度金ゆえ、自分に何かあったら勝手に使え』とも申しました。帰参の理由を問うてもはなしてもらえず、わたくしは言い知れぬ不安に襲われたのでございます」

眠れずに朝まで過ごし、気づいてみたら、慎十郎のもとへ足を向けていた。

「ほかに、頼ることのできるお方もありませぬ。どうか、どうか、父のことをお助けください」

「そう言われてもなあ」

「厄介事に巻きこむのは承知のうえ、よくよく考えてみれば図々しく、まことに心苦しい頼みにございます。されど、今の暮らしが破綻《はたん》するまえに、毬谷さまの寛大さに縋ってみようと。得手勝手なわたくしのおもい、汲《く》みとっていただけますまいか」

そこまで頼まれて、拒むことはできぬ。

毬谷慎十郎とは、そういう男であった。

「ともあれ、真実を知らねば手のほどこしようもないぞ」

「いったい、どういたせばよいのでしょう」

「お父上の動きを探るしかあるまい。たとえば、一日じゅう物陰から見張《みは》るとか、怪《あや》しい動きがあれば背中に尾《つ》いていくとか、さようなことをしてもよいのなら、請けおってもよいが、そうやって知り得たことが藪蛇《やぶへび》になる恐れもある。要するに、お父上が知ってほしくないことまで、娘が知ってしまうかもしれぬ。それでもよければ、助力いたそう」

「よろしゅうござります。どうか、お願いいたします」

冬はするっと身を寄せ、両手を握りしめてくる。

「冷たい手だな」

温めてやりたくなったが、ふと、門のほうに人の気配を感じた。

もしや、咲がまだ居るのではあるまいか。

様子を窺《うかが》おうとしても、冬は手を放そうとしない。

死んでも放すまいとする力強さに、慎十郎は驚きを禁じ得なかった。

五

娘の許しを得ているとはいえ、船橋角馬の背中を尾《つ》けるのは気が引けた。

だが、角馬はあきらかに、表沙汰《おもてざた》にできぬような秘密を抱えている。

内容次第では冬には告げまいと、慎十郎は決めていた。

角馬が行動を起こしたのは、張りついて四日目のことだ。

それまでは午過《ひるす》ぎに起きだし、定まった河岸の居酒屋に行っては呑みつづけ、夜になってから藁店に戻るだけの繰りかえしだった。ところが、この日だけは人目を憚《はばか》るように筑土八幡社《つくどはちまんしゃ》へ向かい、拝殿に手を合わせたあと、境内《けいだい》の裏にある竹林へ踏みこんでいった。

風花が舞うなか、精神統一をはかるや、突如として抜刀し、太い竹を二、三本切ってみせたのだ。

手並みは素早く、立ち姿はじつに美しかった。

いつもの呑んだくれとは別人だったので、慎十郎は目を疑ったのである。

しかし、何故、唐突に抜刀や型の稽古をおこなうのか。

それこそが疑わねばならぬところで、この日は夕刻になっても居酒屋へ向かおうとせず、角馬は凍てつく竹林に潜みつづけた。

そして、日が暮れかかるとようやく竹林を出て、門前に屋台を下ろした夜鷹蕎麦《よたかそば》の暖簾《のれん》を振りわけた。屋台でも酒は呑まず、十六文の掛け蕎麦を啜《すす》って空腹を満たし、恐い顔で神楽坂を下りていった。

覚悟を決めた顔つきであった。

剣客の慎十郎には察しがつく。

角馬は誰かを斬ろうとしているのだ。

おそらく、読みは外れておるまい。

この日のために捨て扶持を与えられていたのだろう。

よからぬことを画策する者たちが、一度密命を果たした者なら二度目もやってくれると考え、帰参させるという好餌《こうじ》を鼻先にぶらさげつつ、暗殺の密命を下したにちがいない。

角馬は今、桜田濠《さくらだぼり》沿いの暗い土手道を歩いている。

半蔵《はんぞう》御門を通りすぎ、桜田御門へ向かうところだ。

月の刃が低い空にあり、鏡のように沈黙する水面《みなも》を照らしていた。

月影のおかげで、提灯《ちょうちん》の灯《あかり》が無くとも角馬の背中はみえる。

瘦せた背中は物悲しく、足取りは重い。

下された密命に抵抗があるのだろう。

無理もない。命じられているのは、人斬りなのだ。

それでも果たさねばならぬ理由は、藩命であるからか。

それとも、だいじな一人娘の行く末をおもっての決断なのか。

しかとはわからない。ただ、いざというときに止めにはいるかどうかの判断だけはしておかねばならなかった。

無論、慎十郎は止める気でいる。

人斬りを看過《かんか》するわけにはいかない。

角馬は桜田御門を通りすぎ、日比谷御門へ向かっていた。

――ごおん。

闇《やみ》を震わせる鐘《かね》の音は、戌《いぬ》の五つ（午後八時頃）を報《しら》せている。

角馬は歩きながら細紐《ほそひも》を手に取るや、襷掛《たすきが》けをしはじめた。

そのとき、慎十郎は気づいた。

日比谷御門の手前には、肥前《ひぜん》国佐賀藩の御上屋敷がある。

角馬は前屈《まえかが》みになり、歩みを速めた。
行く手には、提灯の灯が揺れている。
駕籠《かご》の一行だ。
おおかた、狙う相手は佐賀藩鍋島《なべしま》家の重臣なのであろう。
この日この時刻に藩邸へ戻ることを、密命をもたらした使者が伝えたのだ。
「ぬおっ」
角馬は唸《うな》り、白刃を抜いた。
慎十郎は地を蹴り、風となって走る。
やらせぬ、ぜったいにやらせぬと、胸の裡《うち》に叫んだ。
駕籠の一行は、背後の気配に気づいていない。
慎十郎は必死に駆け、手が届く間合いまで追いついた。
「はっ」
やにわに、角馬が跳躍し、振りむきざまに斬りつけてくる。
「ぬくっ」
酔いどれ侍の動きではない。
慎十郎は咄嗟《とっさ》に抜刀し、上段の一撃を十字に受けた。

――がきっ。

火花が散り、一刀の重みに片膝《かたひざ》が折れる。

本身越しに、鬼が覗きこんできた。

角馬だ。

「やっ、おぬし」

ふっと力が抜けた間隙《かんげき》を逃さず、慎十郎は刀を撥《は》ねつける。

一長足で身を寄せるや、鳩尾《みぞおち》に拳《こぶし》を入れた。

「うっ」

昏倒《こんとう》した角馬を肩に担ぎあげ、踵を返して走りだす。

駕籠の一行は異変に気づいて動きを止めたが、すぐさま、何事もなかったかのように動きはじめた。

濠端に建つ無人の苫屋《とまや》で、角馬は蘇生《そせい》した。

刀を取りあげたので、抵抗はできない。

「何故、おぬしなのだ」

問われても、こたえに窮した。

「おぬしは何者じゃ。いったい、何が目途《めど》でわしを尾けたのか。もしや、おぬし、風《かざ》間晋平《ましんぺい》の配下か」

　はなしの端緒をとらえ、慎十郎は重い口を開いた。

「風間晋平とは誰だ。船橋どのが命を狙った相手か」

「おぬし、勘定奉行の風間を知らぬのか。三千両もの公金を御用商人に融通し、見返りに甘い汁を吸いつづけておる奸臣《かんしん》じゃ」

「なるほど、読めた」

「何が読めたのじゃ」

　不審そうな角馬に向かって、慎十郎は頭に浮かんだ筋書きを語った。

「船橋どのは五年前も同じように諭《さと》され、鍋島家の重臣を斬ったのでござろう。それがために下野《げや》を余儀なくされた。そして、捨て扶持を貰っていた見返りに、ふたたび、汚れ役を負わされようとした。ちがうか」

「ふん、偉そうに。もう一度聞く、おぬしは何者だ」

「何者でもない。父を慕《した》う娘の気持ちに絆された者だ」

「何だと。ぐっ、げほ、げほ……ぐえほっ」

　角馬は急に咳《せ》きこみ、仕舞いには掌《てのひら》に血を吐いた。

　慎十郎は懐紙を差しだし、背中をさすってやる。

「無理をなさるな」

「……ご、ご覧のとおり、わしは長くない」

「何を弱気な」

「……い、いや、わかっておるのだ。自分の寿命くらいはな。ひょっとして、おぬしは娘に頼まれたのか。偽《にせ》の祝言をあげてほしいと頼まれ、断りきれずに関わってしまったのか。かりにそうであったならば、まことに申し訳のないことをした」

角馬は床に手をつき、頭を深々と垂れる。

冬のために嘘を貫きとおしたかったが、慎十郎はそれができぬことを悟った。

「教えてくだされ。船橋どのに汚れ役を押しつけたのは、いったい誰なのですか」

「おぬしに言ってもはじまらぬが、御目付の唐津《からつ》軍内《ぐんない》さまだ。そもそも、一介の番士にすぎぬわしを剣術指南役に取りたててくれた恩人でな」

「なるほど、恩があるゆえ、命に逆らえなかったと」

「それもある。ただ、五年前に斬った増山惣次郎《ますやまそうじろう》という物頭は、公金を着服して私腹を肥やす奸臣であった」

「奸臣ならば、白洲《しらす》で裁く手もあったでしょうに」

「確かにな。されど、五年前のわしは命にしたがうしかなかった。唐津さまの後ろには中老の小野寺帯刀《おのでらたてわき》さまが控えておられてな、すべては小野寺さまのご意志であった」

意に添わぬ相手を排除する。とどのつまりは、派閥争いであった。

「小野寺さまや唐津さまも、敵対する相手と同じ穴の狢《むじな》じゃった。それに気づいたときはすでに遅し、すべては後の祭りというわけでな」

淡々と語る角馬からは生気が薄れ、次第に干涸《ひか》らびていくようでもある。

慎十郎は問わずにいられなかった。

「そこまでわかっていながら、何故、またも密命をお受けになったのですか」

「冬のために、いくばくかの金を遺《のこ》したい。できれば、冬に恥を掻《か》かせぬよう、身分を取りもどしたい。死んでいくわしが、冬のためにできることは何か。それだけを考えておった」

「そのお考えを知って、冬どのは喜ばれるでしょうか」

ぽつんと放ったことばが、初老の男の病んだ胸を剔《えぐ》ったのは確かだ。

言わずにおけばよかったと、慎十郎は後悔した。

角馬は声を震わせる。

「……す、すまぬ。おぬしのおかげで、同じ過ちを犯さずに済んだ。忘れていた心のありようも思いださせてもろうた」

問わずにいられない。

「忘れていた心のありようとは何ですか」

「葉隠《はがくれ》武士の矜持《きょうじ》じゃ」

角馬は感極まり、声をあげて泣きだす。

慎十郎には慰めようもなかった。

言うまでもなく、『葉隠』とは佐賀藩鍋島家の家臣たちが範とすべき精神の支柱にほかならない。

――武士道と云《い》うは死ぬこととみつけたり。

慎十郎は目を瞑《つぶ》り、人口に膾炙《かいしゃ》した教訓譚《たん》の一節を諳《そら》んじる。

角馬はふいに泣きやみ、じっと床をみつめた。

「唐津さまは、藩の御留《おとめ》流でもある鉄人《てつじん》流の達人じゃ。失敗《しくじ》った以上、わしら父娘《ちちこ》は命を狙われるであろう」

「そういうこともあろうかと、冬どのには藁店から移っていただきました」

「えっ」

「当面は案ずることもありますまい」

白い歯をみせて笑うと、角馬はほっと溜息を吐いた。

「毬谷どの、ご無礼ながら、おぬしほどのお節介焼きをみたことがない。このとおり、礼をいたす。まこと、おぬしはよい男だな。さすが、冬が選んだだけのことはある」

冬には、偽の祝言をあげる相手として選ばれたにすぎない。

角馬はしかし、本物の祝言をあげる相手として申し分ないとでも言いたげだった。

誇らしい気もするが、複雑なおもいもある。

角馬は泣き疲れたのか、うとうとしはじめた。

ともあれ、父娘に不幸をもたらそうとする者たちをどうにかせねばなるまい。

「乗りかかった舟だ」

仕舞いまで漕《こ》ぎきってみせると、慎十郎は胸に誓いを立てた。

六

船橋父娘は麻布狸穴坂下の棟割長屋に移し、藁店からの足跡を消した。

角馬は病を悪化させ、移った日からずっと床に臥《ふ》せっている。

一度だけ起きあがり、剣の流派を尋ねてきた。

雖井蛙流と応じると、返し技だけでなりたつ流儀にえらく興味を惹《ひ》かれたらしく、しばらく剣術談義に花が咲いた。得手とする必殺技はないのかと糺《ただ》され、父に学んだ円明流に門外不出の奥義がひとつあると教えてやった。

「技の名は落露《らくろ》、伝書には『いつのまにか葉の端に留まりたる露の落つるがごとく攻めるべし』とござる。不識《ふしき》の剣《けん》とも称する無心の剣にござれば、正直、会得したかどうかも判然といたしませぬ」

「落露か、おもしろい」

角馬はこのときだけ手を叩いて喜んだが、しばらくすると死んだように眠ってしまった。

冬は奉公先も辞めて看病に徹していたが、生活にはわずかばかりの蓄えを削り、密命の支度金には手をつけなかった。使ってしまえばよいのだと説いても、いずれは返さねばならぬと頑《かたく》なに拒む。もっとも、慎十郎が言いふくめておいたので、長屋の連中は何やかやと世話を焼いてくれた。

ただ、このまま放《ほう》っておくわけにはいかない。

悪事のからくりを暴き、悪の根を断たぬかぎり、船橋父娘は来《こ》し方《かた》の呪縛《じゅばく》から逃れられぬ。

「詮方《せんかた》あるまい」

慎十郎はみずから動くことにした。

藪を突っつき、蛇を出させる企てだ。

文字どおり、藪蛇になる恐れもあるが、真正面からぶつかっていく以外に妙案など浮かぶはずもなかった。

まずは、どうやって唐津軍内に近づくか。

あれこれ迷ったあげく、呼びだすことに決めた。

船橋角馬の名を勝手に使い、佐賀藩邸の門番に文を託したのだ。

唐津は飼い犬に手を噛《か》まれたとおもっているはずなので、文を読めばかならず指定したさきにあらわれるであろう。

対峙することさえできれば、そこからさきはなるようにまかせればよい。

もちろん、軽く考えたわけではないが、最初から明確な勝算はなかった。

慎十郎が溜池《ためいけ》の端にやってきたのは、父娘の引っ越しから二日後の二十六日、日没間近のことである。

溜池の水面は朱に染まり、雑木林に囲まれた馬場は雪に覆われていた。

溜池を背にして立てば、東南に佐賀藩中屋敷の堅固な海鼠塀《なまこべい》がみえる。

中屋敷に近い馬場を選んだのは、相手を油断させるためでもあった。

――ごおん。

暮れ六つ（午後六時頃）を報せる鐘の音とともに、月代侍がひとりであらわれた。

顔の長い男だ。

「唐津軍内か」

慎十郎が胸を張って尋ねると、相手も横柄な態度で応じた。

「ああ、そうだ。おぬしは何者だ」

「船橋角馬の知りあいさ」

「船橋は何処《どこ》におる」

「まずは、こっちの問いにこたえろ」

「ふん、生意気な若造め」

唐津は顔を顰《しか》め、ぺっと痰《たん》を吐いた。

「問いとは何だ、言うてみろ」

「風間晋平のことだ。そやつ、成敗するのに値する奸臣なのか」

「ふはっ、何を問うかとおもえば、さようなことか。よし、教えてやろう。勘定奉行の風間晋平は公金を私《わたくし》したにもかかわらず、あろうことかその罪を中老の小野寺帯刀さまに着せようと謀《はか》り、偽の弾劾状《だんがいじょう》までしたためた。誅《ちゅう》すべき奸臣ゆえ、船橋角馬に密命を下したのだ。さようなことは、船橋も承知しておるはずだ。そのために、捨扶持をくれてやったのだからな」

「くれてやるだと」

あまりの言いように腹を立てつつも、慎十郎は唇を噛んで我慢した。

「おぬし、五年前も同様の理由で重臣を斬らせたな。たしか、重臣の名は増山惣次郎というたか。増山にしろ、風間にしろ、公金を私した証拠はあるのか」

「無論、ある。されど、船橋に告げる必要はあるまい。ましてや、どこの馬の骨とも知れぬ者に教えられるはずがなかろう」

「いいや、みせてもらおう。風間晋平を斬らねばならぬ明確な証拠をな」

唐津は尖《とが》った顎を撫《な》でまわし、怪訝《けげん》そうに尋ねてくる。

「船橋がそれを望んでおるのか」

「そうだと言ったら」

「笑止千万。理由など問わず、上の命を忠実に果たす。それが下の役目であろう。上役への忠誠が、ひいては主君への忠誠に繋がる。主君が死ねと言えば、理由などいちいち問わずに潔く死んでみせる。葉隠武士とは、そういうものだ」

「まことに、そうであろうか」

慎十郎は襟を正し、朗々と言ってのける。

「佐賀藩十代藩主の直正《なおまさ》公は、英邁《えいまい》なお殿さまとの評判だ。藩士の出自にかかわらず、有能な人材を藩政の中枢《ちゅうすう》へ登用なさるとも聞いた。直正公ならば、潔く死ぬだけが取り柄の葉隠武士を諭すのではないか」

「黙れ、下郎の分際で」

「いいや、黙らぬ。たとい、主君の命であろうとも、理不尽な命ならばしたがわずともよい。それが人の道に外れる命ならば、命を下した者をこそ誅《ちゅう》さねばならぬ。直正公はそう仰せになられようぞ」

「ふん、偉そうに。若造よ、もしや、わしのことを斬りにまいったのか」

「事と次第によっては、そうするやもしれぬ」

「ぬひゃひゃ」

唐津は腹を抱えて嗤った。

「何が可笑《おか》しい」

「わしはな、肥前の宮本武蔵《みやもとむさし》とも評される剣客ぞ」

なるほど、藩の御留流である鉄人流は二刀鉄人流とも称し、大小ふたつの刀を自在に操る。宮本武蔵の二刀流から派生したとの説もあり、手練《てだれ》と噂される唐津軍内が武蔵に喩《たと》えられるのも根拠のないことではない。

「ならば、力量をみせてもらおうか」

慎十郎は低く身構え、走りだそうとする。

「待て。斬りあってもよいが、今、おぬしに死なれては困る」

唐津は指を丸めて口に咥《くわ》え、ぴっと指笛を鳴らした。

風向きが変わり、硝煙の臭《にお》いを運んでくる。

「ん、筒か」

唐津の背後、雑木林の狭間《はざま》から、黒い人影がいくつもあらわれた。

数は二十を超えていよう。

さきほどから気配は感じていたものの、長筒を持った連中とはおもわなかった。

教練どおりに秩序を保ちながら、横一列でずんずん近づいてくる。

唐津が嘲笑《あざわら》った。

「おぬしを撃つのは簡単だ。撃ち方の稽古だったと言えば、他藩の連中も疑いを持たぬであろうしな」

慎十郎は三白眼《さんぱくがん》に睨みつける。

「船橋角馬でも、こうするつもりだったのか」

「さよう、密命に背《そむ》いた者に用はない。船橋には死んでもらうつもりであったが、本人がおらぬとなればはなしは別だ」

「どうする気だ」

「おぬしを生け捕りにし、責め苦を与え、何もかも吐いてもらう。それっ」

唐津の命令一下、筒組とは別の番士たちが背後から押しよせてきた。

咄嗟に刀を抜きかけたが、慎十郎は自重する。

抜刀して乱戦に持ちこめば、窮地を脱することもできよう。だが、おとなしく捕まって相手の懐中深くはいりこむのも悪い考えではない。

慎十郎はそう判断し、帯から両刀を抜いて恭順《きょうじゅん》の意志をみせた。

「存外に素直ではないか」

唐津が近づいてくる。

足取りは慎重そのもので、物腰に隙《すき》はない。

鉄人流の達人というのも、まんざら嘘ではなさそうだ。

唐津は五間ほどさきで足を止め、口端を吊《つ》るようにして笑った。

「浅はかなやつめ、おぬしが何者なのか、船橋とどう関わっておるのか、じっくり聞いてつかわそう」

長い顎をしゃくると、番士たちが一斉に襲いかかってくる。

抵抗する気などないのに、慎十郎は撲《なぐ》る蹴るの暴行をくわえられ、あげくのはてには雁字《がんじ》搦《がら》めに縛られてしまった。

七

目隠しして何処とも知れぬところへ連れていかれ、饐《す》えた臭いのする蔵のなかに閉じこめられた。

しばらくすると、唐津が屈強な手下ふたりをしたがえてきた。

すでに、かなり痛めつけられていたが、慎十郎は裸に剝かれて俯《うつぶ》せにされ、背中を笞《むち》で何百回となく叩かれた。

ともかく、三度の飯より責め苦の好きな連中だった。

皮膚の裂けた背中に塩を塗りこまれ、算盤《そろばん》板に正座したまま、膝に伊豆《いず》石を堆《うずたか》く積まれたりもした。たいていの者はこれだけで観念するはずだが、慎十郎にはまだ余裕があった。

さらに、後ろ手に縛られた状態で宙吊りにされ、下からぐいぐい縄を引っぱられた。腕に荒縄が食いこみ、骨の軋《きし》む音を聞いても、慎十郎は弱音を吐かなかった。

仕舞いには責め苦を与えるほうが疲れ、気づいてみれば丸二日が経っていた。

「……に、二十八日か」

悔やまれるのは、咲に言伝された妙見菩薩の縁日を失念していたことだ。

千葉周作と申し合いができる千載一遇《せんざいいちぐう》の好機を逃してしまったのである。

いつのまにか、死んだように眠りこんでいた。

腹を蹴られて目を覚ますと、見知らぬ侍が上から覗きこんでいる。

「小野寺さま」

かたわらに控えた唐津が侍に呼びかけた。

そう言えば、角馬から「小野寺帯刀」という名を聞いたような気がする。

唐津の後ろ盾となっている中老にちがいない。

「なかなかに、しぶとい男にござります。おのれの姓名以外は、何ひとつ吐きませぬ」

「姓名は何と申す」

「毬谷慎十郎にござります」

「ふうん、変わった姓じゃな」

「掌の竹刀胼胝《たこ》をみれば、修行を重ねた剣客であることはあきらか。ひょっとしたら、船橋角馬の門弟かもしれませぬ」

「剣の師に義理立てしておるのか。だとすれば、殊勝なことじゃ。なれど、さようなことは何の意味もなさぬと教えてやらねばなるまい」

　ふたりの会話に、三人目が割りこんでくる。

「その者、使えるやもしれませぬぞ」

　腫《は》れた目を向けると、三人目の男は肥えた商人だった。

「肥前屋《ひぜんや》、どういうことじゃ」

　唐津に問われ、肥前屋と呼ばれた商人は笑って応じる。

「独り言ゆえ、お聞きながしくだされまし」

「よい、申してみよ。おぬしは知恵者じゃ。しかも、ここは藩の御用商人となったおぬしの船蔵でもあるしな」

「なれば、申しあげます。その者に過分な報酬を与え、風間晋平を斬らせるのでござります」

「船橋角馬の代わりをさせると」

「手前のほうで、百両ご用意いたしましょう」

「百両か」

「はい。ひとひとり斬れば百両、これだけおいしいはなしに乗らぬ者はおりますまい」

三人の目が一斉に注がれた。

慎十郎は不敵な笑みを浮かべる。

「ふん、みくびるなよ、金なんぞで動くか」

「よう言うた」

唐津は憤然と発し、腹に重い蹴りを入れてくる。

「ぐふっ」

慎十郎は血反吐《ちへど》を吐いた。

意識が遠退《とおの》くなか、小野寺の低声《こごえ》が聞こえてくる。

「ところで肥前屋、例の件はどうなっておる」

「はい、万事首尾よく進んでござります」

「どう進んでおるのじゃ。おぬしを信用せぬわけではないが、よほど巧くやらねばみつかってしまうぞ」

「承知しております。それゆえ、かような仕掛けを考えました」

肥前屋が取りだしたのは、一本の百目蠟燭《ひゃくめろうそく》であった。

「ご覧のとおり、売れば百文の高価な蠟燭にございます。一見すると何の変哲もござりませぬが、こうしてふたつに折りますれば……」

と言いつつ、肥前屋はみずからの膝を使って、蠟燭をふたつに折ってみせる。

空洞になっているはずの部分から、袋にはいった細長いものが落ちてきた。

袋から粉がこぼれ、薬種特有の匂《にお》いが仄《ほの》かに漂ってくる。

おそらく、中身は高麗人参《こうらいにんじん》であろうと、慎十郎は察した。

「なるほど、蠟のなかに封じこめたか。さすが、蠟燭問屋の出だけあるのう。巧い手を考えついたものよ」

「お褒めいただき、かたじけのう存じます。何せ、対馬《つしま》沖へ荷船を出せば、唐船からご禁制の薬種はいくらでも手にはいります。されど、買いとった品々を藩やお上の目をかいくぐって闇の販路に流すのが至難の業、無い知恵をしぼってようやくみつけた手だてがこの百目蠟燭なのでござります」

「それで、年にどれほど稼げるのじゃ」

「一万両、いえ、二万両は固いかと」

「大きいな」

「この肥前屋幸兵衛《こうべえ》、小野寺さまの僕《しもべ》にござりますれば、稼いだ儲《もう》けはすべて軍資金としてお使いいただければと存じまする。小野寺さまには何としてでも、佐賀藩三十五万七千石を牛耳《ぎゆうじ》るご家老さまになっていただかなくてはなりませぬ」

「そのためにも、殿のおぼえめでたき輩《やから》は消さねばならぬ」

「風間晋平にござりますな」

「禄高《ろくだか》の低い家の出であるにもかかわらず、若い時分から佐賀の麒麟児《きりんじ》と評された男じゃ。家臣たちからの人望もある。要するに、是が非でも葬らねばならぬということじゃ。のう、唐津」

「はあ」

「されど、風間晋平は暗殺を警戒しておろうから、生半可な仕掛けでは失敗《しくじ》ってしまうにちがいない。唐津よ、いざとなれば、おぬしが直に手を下すしかあるまいぞ」

「御命をいただければ、いつなりとでも」

「ふむ。されど、右腕のおぬしに汚れ役をさせるのは忍びない。船橋角馬が駄目なら、ほかに使える者を探さねばなるまいな」

ふたたび、三人の目が注がれてくる。

なるほど、そういうことかと、慎十郎は胸の裡で納得していた。

悪事のあらましがわかった以上、責め苦を甘んじて受けつづける理由もない。

もはや、三人が引導を渡すべき悪党であることは疑う余地もなかった。

あとは船橋角馬に代わって、慎十郎が手を下すかどうかの決断だ。

角馬の許しを得るには、一刻も早く蔵から脱しなければならない。

「いや、待て。もうひとつ手がある」

小野寺が声を殺した。

「いっそ、殿を亡き者にするというのはどうじゃ」

「えっ」

「何も驚くことはあるまい。殿が身分の低い連中を重用したせいで、割を食った者たちは大勢おる。みな、不平不満を抱えておってな、わしのもとへ何とかならぬかと相談を持ちかけてくるのじゃ。直正公が当主の座におられるかぎり、今の情況を変えることは難しい。となればいっそ……」

「殿の代わりは、どうなされます」

「たとえば、支藩の小城《おぎ》や鹿島《かしま》から新たな当主を迎えてもよかろう。わしが宗家の家老になれば、どうとでもはなしをつけてくれるわ。どうじゃ、唐津」

「なるほど、そのお考えもよろしいかと存じまする。直正公さえおられぬようになれば、名実ともに小野寺さまの天下となりましょう」

「ふふ、ならばその線で策を練るか」

「ひとつ思案がございます」

「ほう、何じゃ」

「十郎丸《じゅうろうまる》にございまする」

唐津は自信ありげに言い、小野寺と肥前屋を促して蔵から出ていった。

悪党三人の気配は消え、やがて、見張りの手下たちも外へ逃れていく。

漆黒の闇に包まれた蔵の片隅で、慎十郎は縛られた手首の荒縄を弛《ゆる》めるべく、もぞもぞと動きはじめた。

縄が解けたのは、四半刻《しはんとき》のちのことだ。

ほっと息を吐いたところへ、ふたりの手下が戻ってきた。

ひとりが無警戒に近づき、手燭《てしょく》をぬっと鼻先に差しだす。

その腕を摑み、手燭を奪った。

「ひぇっ」

把手《とって》の尖《とが》ったさきで眼球を突き、後ろのひとりに躍りかかる。

暗闇のなかで為《な》す術《すべ》もない相手を、慎十郎はたちどころに昏倒させた。

石扉の隙間から外へ抜けだし、庭を横切って裏木戸のほうへ進む。

裏木戸のそばに屈《かが》んだ見張りは、居眠りをしているようだった。

後ろから襲って羽交《はが》い締めにし、掌で口を覆う。

「ここは何処だ。死にたくなければ、静かにこたえろ」

声を押し殺して問い、掌をそっと外す。

「深川《ふかがわ》の洲《す》崎《さき》にござる。うっ」

見張りは当て身を食らい、その場にくずおれた。

裏木戸を抜けると、冷たい海風に頬を撫でられた。

星の位置から推すと、真夜中過ぎであろうか。

ここが深川洲崎なら、土手沿いに西へ向かえば、永代橋《えいたいばし》がみえてくることだろう。

橋を渡って霊岸島《れいがんじま》を経て、本八丁堀《ほんはっちょうぼり》の先の京橋川《きょうばし》に沿って東海道をめざせばよい。

「よし」

気合いを入れて駆けだそうとするや、躓《つまず》いて前のめりに倒れた。

おもっている以上に痛めつけられた傷は深く、歩くことすらままならない。

「くそっ」

慎十郎は歯を食いしばり、硬直した足を引きずりはじめた。

八

麻布狸穴の裏長屋へ戻ると、冬だけでなく、咲も寝ずに待っていた。

襤褸屑のような慎十郎のすがたをみて、ふたりはことばを失った。

「……ど、どうなされたのですか」

驚く冬を尻目に、咲は湯を沸かしはじめる。

傷をみただけで、慎十郎が酷《ひど》い責め苦を受けたと察したのだ。

「咲どの、すまぬ。千葉周作先生との約束を破ってしもうた」

「よいのです。慎十郎さまさえ生きておれば」

「えっ」

「生きてさえおれば、申し合いなどはいつでも……」

咲は途中でことばを詰まらせ、大粒の涙を零《こぼ》す。

さらには、童女のごとく号泣しだした。

冬がすかさず身を寄せる。

「咲さまは我慢しておられたのです。誰よりも毬谷さまのことを案じているのに、お顔にはいっさい出さず、無事にお戻りになるようにと、ひたすら念じておられたのです」

「……そ、そうなのか」

咽喉《のど》が渇いて仕方ない。

柄杓《ひしゃく》で瓶《かめ》の水を汲み、慎十郎はごくごく水を呑んだ。

泣きやんだ咲が黙って近づき、剝《は》ぐように着物を脱がせる。

「酷い傷、笞で打たれたのですね」

「ふむ」

咲は傷口を水でよく洗い、打ち身や腫れに効能があるつわぶきの葉を貼《は》っていく。

さらに、煎《せん》じ薬を白湯に溶かし、無理に呑ませようとした。

慎十郎が薬嫌いなことを知っているからだ。

「うえっ、苦い。薬より、粥《かゆ》が欲しいな」

「ただいま」

冬が玉子粥を茶碗《ちゃわん》に盛り、差しだしてくれた。

白い湯気とともにかっこむと、慎十郎はようやくひと息ついた。

そして、肝心なことをおもいだす。

「冬どの、お父上はいかがした」

「咳《せき》があまりにひどいため、大家さんもご心配くださり、ひとまず今宵はお医者さまのもとへ移させていただきました」

「さようか、ちと心配だな」

「お医者さまも、長くはなかろうと仰いました。かようなときにお願いするのも心苦しゅうございますが、一日でも早く父に花嫁姿をみせとうございます」

「えっ」

惚《ほう》けたように冬の顔をみつめ、咲の顔に目を移す。

「事情はお聞きしました。万事心得ております」

咲のことばに安堵しつつも、慎十郎は戸惑いを隠せない。

「そう言われてもなあ」

父の角馬は、すでに、慎十郎の正体を知っている。

娘の気持ちを慮《おもんぱか》って騙《だま》されてくれればよいが、芝居じみた祝言を拒まぬともかぎらなかった。

そんな不安も脳裏を過《よ》ぎる。

すると、咲が板の間に両手をつき、頭を下げてみせた。

「慎十郎さま、わたくしからもお願い申しあげます。明日にでも冬どのと祝言をあげてください」

自分も最愛の父を失っているので、娘の気持ちが痛いほどわかるのだと言う。

「咲どのにそこまでされたら、詮方あるまいか。されど、いったい何処で祝言をあげるのだ」

「十番の馬場に稲荷社《いなりしゃ》がございます。そこに長屋のみなさんをお呼びしましょう」

相談らしきものがまとまると、急に眠気に襲われた。

冬が機転を利かせ、熱燗《あつかん》をつけてきてくれる。

慎十郎は貪るように酒を呑み、すぐさま眠りに就いた。

気を失ったように眠りつづけ、翌日の午過ぎにようやく目を覚ました。

枕元《まくらもと》に何者かの気配を感じたのだ。

「わしじゃ」

角馬が蒼白《そうはく》な顔で正座している。

「無理をせずともよい。寝ておれ」

「そういうわけにはまいりませぬ」

からだじゅうの痛みを怺《こら》え、慎十郎は半身を褥《しとね》から持ちあげた。

褥から外れて膝をたたみ、角馬と対座する。

「その傷はどうしたのじゃ。まさか、わしのせいでそうなったのではあるまいな」

詰問されて口ごもると、角馬は眉根《まゆね》を寄せる。

「唐津軍内のもとへ行ったのか」

「はい」

仕方なく、ことの経緯《いきさつ》を正直にこたえた。

「おかげで、連中の正体が判明いたしました」

「そうじゃな。騙されておったわしが莫迦《ばか》であった」

「船橋さまは利用されたにすぎませぬ。それよりも懸念すべきは、小野寺たちが直正公のお命を狙おうとしていることでござる」

「他藩なれば耳を疑うようなはなしじゃが、小野寺さまならやりかねぬ」

小野寺を筆頭とする守旧派にとって、直正公のやり方は新しすぎて従《つ》いていけないのかもしれぬと、角馬も溜息交じりにこぼす。

後ろ盾の先代斉直《なりなお》が逝去《せいきょ》してからは針の筵《むしろ》に座らせられたも同然で、いつ身分や地位を剝奪《はくだつ》されるのかもわからぬ日々がつづいている。当主を葬ってしまえば、すべての懸念は消えるのだ。

「一国の主人を葬ってよいはずはない。それこそ、葉隠武士の名を穢《けが》すおこないじゃ」

「いかにも」

「されど、小野寺たちの企てを証明する手だてはない。野に下ったわしが訴えても、門前払いされるだけであろうし、訴状をしたためても殿の目には触れまい。目付の唐津が目を光らせていようからな」

「となれば、大事にいたるまえに、小野寺と唐津を亡き者にするしかござりますまい」

「それができれば、頭を悩ますこともない。おぬしを逃した以上、小野寺は厳重に警戒しておろうし、唐津は藩内随一の剣客じゃ。闇雲《やみくも》に襲って成敗できる連中ではないぞ」

慎十郎はふと、唐津が小野寺に向かって、直正公の命を狙うにあたって「ひとつ思案がござります」と吐いたのをおもいだした。

「唐津は何と言った」

「たしか、十郎丸という名を口にしたかと」

「十郎丸か。なるほど、読めたぞ」

「どういうことにござりましょう」

「十郎丸とは直正公が可愛《かわい》がっておる大鷹《おおたか》のことじゃ」

例年、師走《しわす》になると、佐賀藩では大掛かりな鷹狩が催されるという。

「鷹場の混乱に乗じて、殿を亡き者にする算段に相違ない。ぬうっ、許せぬ。さような凶行《きょうこう》、一命を賭《と》してでも阻んでみせねばなるまい……ぬぐっ、げほっ、ぐえほっ」

角馬は怒りのせいで興奮し、激しく咳きこむ。

そして、床のうえに大量の血を吐いた。

吐いたそばから、袖《そで》で必死に血を拭《ぬぐ》いとろうとする。

「……ふ、冬には……な、内密にしてくれ」

痛々しいすがたに、慎十郎はことばを失った。

「……ま、毬谷どの……た、頼む。わ、わしを鷹場に連れていってくれぬか」

「そのおからだでは、無理にござろう。それがしに、すべてお任せくだされ」

「いいや、ならぬ……わ、わしはな、直正公の身代わりとなって……い、戦さ場で、華々しく散りたいのじゃ」

「冬どのが悲しみますぞ」

「……ぶ、無事に戻ってこられたあかつきには……しゅ、祝言をあげてもらえぬか……た、頼む、毬谷どの」

角馬は前のめりになり、節くれだった手で袖口を摑んでくる。

そのあまりに強い力に気圧されたかのように、慎十郎はうなずいてしまった。

角馬は安堵したのか、慎十郎の褥に横たわり、死んだように眠りはじめる。

そこへ、咲がやってきた。

「慎十郎さま、冬どのの御父上と何をはなしておられたのですか」

「いいや、別に」

「御父上は冬どのに仰いました。祝言のまえに、やらねばならぬことがあると。それはいったい、何ですか。慎十郎さまは、おわかりなのでしょう」

「いいや、知らぬ」

「惚《とぼ》けなさるな。冬どのからお聞きしました。船橋さまは佐賀藩から捨て扶持を頂戴しておられたとか。捨て扶持を貰っていた元剣術指南役が、時折、藩のお偉方に呼ばれていたことも、冬どのはご存じでしたよ。船橋さまは何か、よからぬことに巻きこまれておられたのではありませんか」

何と言われても、咲には関わりのないはなしだ。

「またもや、無謀なことをなさるのですね。それがいかに危ういことかは、御身に受けられた生傷をみればわかります。わたくしも連れていってくださいまし」

「それはできぬ。咲どのに助っ人していただく理由はない」

「理由ならございます。慎十郎さまを死なせたくないから。それも立派な理由にござりましょう。それに、助っ人はわたくしひとりではありませぬ」

唖然《あぜん》とする慎十郎に背を向け、咲はすぐに戻ってきた。

連れてきた月代頭の侍には、みおぼえがある。

「おぬし」

「さよう、森要蔵だ」

玄武館で千葉周作に北辰一刀流を学び、四天王に列するほどの人物であったが、今は玄武館を離れて、上総飯野藩の剣術指南役をやっていると聞いていた。

「以前は完膚無きまでにやられたが、今はあのころのわしとちがうぞ。昨日は久方ぶりに立ち合えるとおもうたが、おぬしは来なかった。千葉先生もたいそう残念がっておられてな。されど、咲どのから事情を聞いて得心できた。やらねばならぬことがあるのなら、わしにも手伝わせてくれぬか」

「断る」

きっぱり言いはなつと、森はむっとした。

「何故だ、理由を聞こう」

「おぬしだからだ」

「はあ」

「おぬし、咲どのを嫁にしたいそうだな」

「莫迦な。さようなはなし、誰に聞いた」

「一徹先生にきまっておろう。千葉先生に頼まれたと言うておられたぞ」

「両先生から聞いておらぬし、咲どのを嫁にしたいなどと言うてもおらぬ」

「何だと」

ふたりの会話を傍で聞きながら、咲は顔を真っ赤に染めている。

恥ずかしすぎて、ことばを発することもできぬらしい。

「まことか、森どのはそのはなし、何も知らぬのか」

「ああ、知らぬ。それに、わしには親に定められた許嫁《いいなずけ》がおる。わしはどのような噂を立てられてもよいが、咲どのにしてみれば迷惑なはなしであろう」

「そうか、そうであったか。ふふ、なれば、遠慮無く助っ人を頼む」

浮きたつような気分で、慎十郎は森要蔵の手を取った。

咲は複雑な表情をしながらも、とりあえずは肩の力をふっと抜く。

最強の助っ人ふたりを得て勇気百倍となりながらも、慎十郎は悪党どもに引導を渡すための算段を冷静に考えはじめた。

九

師走八日、駒場野《こまばの》。

鍋島直正は馬上から、眩《まぶ》しげに雪原を見渡した。

「冬日和じゃな」

雪面に反射した日差しが、眸子を射抜いてくる。

灌木《かんぼく》が疎《まば》らに生えているものとばかりおもっていたが、竹藪もあれば鬱蒼《うっそう》とした雑木林も見受けられた。

あれならば、雉子《きじ》や鶉《うずら》も隠れるさきに困るまい。

背には屈強な騎馬武者たちが控えている。

数は三十騎を優に超えていよう。

鎧《よろい》を着せれば屈強な戦士に早変わりするものの、ここは戦さ場にあらず、将軍家も鷹狩をおこなう駒場野であった。

轡《くつわ》を揃《そろ》えた騎馬隊のなかにあって、直正の狩衣姿は誰よりも凜々《りり》しい。

遠目から眺めても、三十五万七千石の雄藩を背負ってたつ当主だとわかる。

家督を継いだのは十年前、十七のときであった。佐賀藩を司る鍋島家は幕初より長崎湊の防備を任されていたのだが、先代斉直の治世下で英国軍艦のフェートン号が長崎湊へ侵入して食料を奪いさるという一大事が勃発《ぼっぱつ》、その際の対応が不首尾であったのを理由に斉直は逼塞《ひっそく》とされた。

この一件からしても、父の斉直は決断力に乏しく、凡庸《ぼんよう》な当主であったと言えよう。にもかかわらず、隠居してからも藩政に口を出し、二代藩主光茂《みつしげ》や三代藩主綱茂《つなしげ》のごとき豪奢《ごうしゃ》な暮らしぶりをつづけ、藩財政を逼迫《ひっぱく》させる一因をつくった。

藩主直正の十年は、父斉直との確執に費やされたと言っても過言ではない。

自立の契機となったのは今から五年前、佐賀城二ノ丸が大火で全焼したときである。斉直の反対を押しきり、荒廃《こうはい》していた本丸に御殿を移築させる大普請を断行した。さらに、その勢いをもって過剰な役人の数を大幅に減らし、大坂商人などと談判して借財の八割を放棄させるとともに、残り二割の五十年割賦《かっぷ》をも認めさせた。

こうした大鉈《おおなた》をふるうだけでなく、磁器や茶や石炭など地場産業の育成や交易にも力を注ぎ、小作料の支払免除などによる農村復興にも注力し、藩財政を見事に建てなおしてみせた。

また一方、藩校の弘道館《こうどうかん》において文武に優れた人材を育成し、出自に関わらず有能な家臣たちを政務の中枢へ登用していった。その結果、身分の低い藩士たちは奮起したものの、斉直を旗頭《はたがしら》に掲げた守旧派の連中は激しく反撥《はんぱつ》し、直正自身が命を狙われることも一度ならずあった。

が、過ぎてみれば、あっという間の十年である。

斉直が逝去し、ようやく来し方の頸木《くびき》から逃れた。

兄の茂真《しげざね》も執政として、改革を補佐してくれている。

紆余曲折《うよきょくせつ》を経たなかでの鷹狩なのだ。

直正はひとしおの感慨に耽《ふけ》っていた。

「殿、勢子頭《せこがしら》が合図を送っておりますぞ」

声を掛けてきたのは、白い鎌髭《かまひげ》をたくわえた江戸家老の大木次郎左衛門《おおきじろうざえもん》である。

老骨《ろうこつ》に笞打って鹿毛《かげ》にまたがり、いつもどおり、うるさく指図を促してくる。

大木の背後には、狩衣装束《かりぎぬそうぞく》の重臣たちが控えていた。

なかでも実力を買っているのは、勘定奉行の風間晋平にほかならない。

家禄の低い家の出であったが、藩校で抜きんでた成績を残して勘定方に配されたのちは、順当に出世を重ねた。やがて、直正の目に留まり、若くして藩財政を立案する勘定奉行に抜擢《ばってき》されたのだ。

頭は切れるし、胆も太い。家老の大木も気に入っており、近く中老へ昇進させる腹積もりでいたが、風聞の出世を阻《はば》もうとしている者たちの顔も見受けられた。

中老の小野寺帯刀と目付の唐津軍内であった。

小野寺は守旧派のまとめ役でもあり、ふたこと目には『葉隠』の一節を持ちだす。

——武士道と云うは死ぬこととみつけたり。

臣下は主君のいかなる命にも、死を賭してしたがわねばならない。ただし、そのためには厳格な身分の保証と幕初より定められた家格の保持がなされねばならず、下克《げこく》上《じょう》のごとき登用のやり方をつづければ、武士の沽券《こけん》は失われてしまうと主張してやまなかった。

そもそも、守旧派が何かと引用したがる『葉隠』とは、佐賀藩士であった山本常朝《やまもとつねとも》の口述と歴代佐賀藩主の言行を山本の門人が十一巻の冊子にまとめたものだった。戦国大名と家臣にみられる厳格な主従の関わりを理想とし、藩士の戒めとすべく受けつがれてきた。

もちろん、直正も『葉隠』の精神を尊《とうと》ばぬわけではない。ただ、守旧派がおのれらの保身に使うことだけは我慢できなかった。

とは言うものの、小野寺は実力者であり、怒らせたくない相手でもある。一方、唐津は藩内屈指の力量と評される二刀鉄人流の達人だった。いずれは藩政から遠ざけねばならぬ連中だが、今は波風を立てずにおこうと、直正はおもっていた。

幔幕に覆われた御座所を振りむけば、鍋島家の杏葉《ぎようよう》紋を象《かたど》った旗幟《きし》が翩翻《へんぽん》とはためいている。

「わしの天下じゃ。誰にも邪魔はさせぬ」

低声で吐きすてると、気の短い大木が催促してきた。

「殿、潮時にござります」

遥《はる》か彼方で犬どもが吠え、勢子たちが一斉に騒ぎはじめる。

竹藪のなかから、獲物らしき黒い影が飛びだしてきた。

「殿、今でござる。お指図を」

「よし、十郎丸を放て」

直正の声に反応し、鷹匠の拳《こぶし》から大鷹が飛びたった。

――ばさっ。

重々しい羽音とともに、光沢のある美しい羽を広げて飛翔《ひしょう》する。

十郎丸は蒼天《そうてん》を裂くように急降下をはかるや、つぎの瞬間、鋭い鈎爪《かぎづめ》で見事に獲物を捕らえてみせた。

「鶉じゃ」

直正は喜々《きき》として叫び、黒鹿毛の腹を蹴りつける。

黒鹿毛はただ一頭、騎馬武者の群れから突出し、雪原を疾駆《しっく》しはじめた。

異変が勃《お》こったのは、その直後である。

――ぱん、ぱんぱん。

乾いた筒音とともに、直正のすがたが馬上から消えた。

十

慎十郎は前歯を剝き、雪面を駆けていた。

「殿を守れ、わしにかまうな」

角馬が後ろで転びながらも、必死の形相で叫ぶ。

野良着を纏った勢子に化け、ふたりは竹藪に潜んでいた。

直正公が馬上から消えたのをみて、脱兎のごとく飛びだしたのだ。
無論、直正公の命を狙う黒幕は、中老の小野寺帯刀にほかならない。
鷹狩こそが、敵対する重臣たちをも一挙に仕留める好機なのである。
敵にとっての好機は、慎十郎たちにとっても千載一遇の好機だった。
藩主の面前で謀反人を成敗するという大義名分を得られるからだ。
「ぬわああ」
今や、鷹場は戦さ場と化しつつあった。
――ぱんぱん。
筒音が轟《とどろ》き、狩衣姿の侍が落馬する。
騎馬同士が激突し、槍《やり》を振りまわす者まであらわれた。
徒士《かち》の雑兵たちは逃げまどい、当主を守るどころではない。
鍋島家の家臣たちが二手に分かれ、熾烈《しれつ》に干戈《かんか》を交えている。
文字どおり、目を疑うような光景だ。敵味方の数も把握できない。
慎十郎は主人のいない黒鹿毛に追いつき、鼻綱を握って引きよせる。
「どう、どうどう」
遠目からではあったが、直正公が落馬した様子を目に留めていた。

鉛弾に当たってはいない。驚いて落ちたのは雪面なので、怪我《けが》ひとつせずにいるはずだ。

長筒を放った刺客も気になったが、二発目は放たれてこなかった。

おそらく、犬追いに化けた森要蔵に仕留められたのであろう。

慎十郎は目を皿にし、直正公を探した。

「おった」

数人の小姓に守られ、雑木林に向かっている。

背後から抜刀した侍の一団が追いかけていた。

「斬れ、斬れ」

一団をけしかけているのは、唐津軍内にちがいない。

味方の藩士たちは後方にあり、敵の一部と一進一退の攻防を繰りかえしている。

一度離れてしまった直正公のもとへ馳《は》せ参じるには遠すぎ、唐津らの追撃は小姓たちで防がねばならなかった。

慎十郎は殿さまの愛馬にまたがり、びしっと笞をくれる。

「間に合ってくれ」

脆弱《ぜいじゃく》な雪上だけに、馬はおもうように進まない。

唐津率いる抜刀隊のなかから、大兵がひとり突出した。

「うりゃ……っ」

小姓のひとりを斬りさげ、直正公に迫る。

刹那《せつな》、茶筅髷の小姓が飛びだしてきた。

「ふん」

大兵と擦《す》れちがいさま、脇胴《わきどう》を抜いてみせる。

「ぐはっ」

雪面が真っ赤な血で濡れた。

見事な手並みである。

茶筅髷の剣士は、咲にほかならない。

小姓に紛れ、直正を守っていたのだ。

「押せ押せ」

よくみれば、討手の連中は月代も髭も伸ばしている。

藩士ではなく、金で雇われた浪人どもなのだ。

大兵の屍骸を越え、つぎつぎに迫っていく。

抜刀隊の猛追《もうつい》を受け、直正公までが白刃を抜かねばならなかった。

「怯《ひる》むな、殿をお守りしろ」

咲は果敢に応戦したが、まわりの小姓たちは斃《たお》れていく。

「これまでか」

直正公も覚悟を決めたにちがいない。

「はっ、はっ」

慎十郎は黒鹿毛を駆り、ようやく敵の尻尾《しっぽ》をとらえた。

「ぬわっ」

唐津の脇を疾走し、抜刀隊を蹴散らす。

「退《の》け退け」

勢いのままに小姓たちのもとへ駆けつけ、直正公をみつけるや、馬上から腕を搦《から》めとった。

「御免」

直正を馬の背に据え、一気に雪上を駆けぬける。

だが、雑木林の前面に筒組が待ちかまえていた。

「それっ、放て」

組頭の命令一下、一斉に筒音が木霊《こだま》する。

――どどど。

正面から無数の鉛弾が飛来し、慎十郎と直正公は雪上に投げだされた。

黒鹿毛は横倒しになり、四肢《しし》を痙攣《けいれん》させている。

「殿、だいじござりませぬか」

「……ふ、ふむ」

こうなれば、身を挺《てい》してでも鉛弾を防がねばならぬ。

「殿、馬の陰にお隠れくだされ」

「……お、おぬしは何者じゃ」

「名も無き葉隠武士にござりまする」

慎十郎は言いきり、雄々《おお》しく立ちあがった。

――ぱん、ぱんぱん。

鉛弾が頬を掠《かす》めても、かまわず敵前に迫っていく。

「ぬぎゃっ」

突如、筒組のなかから、断末魔の悲鳴が聞こえてきた。

森要蔵が背後から筒組に迫り、凄まじい勢いで撫で斬りにしている。

「ふおおお」

混乱をきたす敵のただなかへ、慎十郎も躍りこんでいった。
瞬きのうちに三人を斬り、返り血を浴びて血達磨《ちだるま》と化す。
「ぬわっ」
慎十郎が白刃を掲げただけで、雑兵は尻をみせて逃げだした。
やがて、咲や小姓たちが追走され、敵の抜刀隊がこちらへ近づいてくる。
抜刀隊の後方には、小野寺帯刀みずから率いる新手も追いついてきた。
家老の大木次郎左衛門や勘定奉行の風間晋平はどうなったのだろうか。
影もないところから推すと、斬られてしまったのかもしれない。
咲たちが直正公をともない、必死の形相で逃げてきた。
十人に満たぬ小姓たちは、いずれも手傷を負っている。
頼りになるのは、慎十郎と咲と森要蔵だけだ。
一方、迫りくる敵の数は三倍に達していた。

十一

三人は堅固な楯《たて》となって奮戦した。

が、敵も死に物狂いで掛かってくる。

ことに、二刀を自在に操る唐津軍内の強靱《きょうじん》さは際立っていた。

小姓たちはまったく歯が立たず、白刃を交えるまえに斬られていた。

「唐津め」

直正公が憎々しげに吐きすてた。

その声を耳にしたのか、後方から小野寺帯刀が乗りだしてくる。

「ぬはは、殿、そこな唐津が介錯《かいしゃく》いたしまする。潔く御腹を召しなされ」

ぎりっと、直正公は奥歯を嚙みしめた。

「謀反者め、葉隠武士の風上にも置けぬやつじゃ」

「何とでも仰せになられよ。すでに、ご家老の首級はあげましたぞ」

「何だと」

「勘定奉行の風間晋平はじめ、殿の腰巾着《こしぎんちゃく》どもはことごとく討ちとり申した。残るは殿おひとりにござります」

「わしが死ねば、藩の息の根は止まる。待っておるのは、借金地獄じゃ」

「後顧《こうこ》のご心配はいりませぬ。それがしの裁量で藩を潤わせてみせましょうぞ」

「笑止《しょうし》な。保身しか考えぬ輩《やから》に、藩の舵《かじ》取りを託すわけにはいかぬ」

「ならば、あの世へお逝きなされ。それっ」

小野寺に尻を叩かれ、野良犬どもが躍りかかってくる。

「させるか」

慎十郎は踏みこむや、先駆けてきたひとりを袈裟懸けに斬った。

さらに、ふたり目の脳天をふたつに割り、大上段から斬りつけてきた三人目の胴を横薙《よこな》ぎにする。

「おぬし、毬谷慎十郎か」

唐津が叫んだ。

「ああ、そうじゃ」

応じる間隙を衝き、咲が躍りだしていった。

「わたくしがお相手つかまつる」

「女か」

言うが早いか、唐津は片手斬りの一刀を浴びせてきた。

――きいん。

咲が弾いてみせるや、矢継ぎ早に脇差で刺突に転じた。

左右から間断なく、多彩な攻め手を繰りだしてくる。

咲は躱すのが精一杯で、反撃すらできない。

「咲どの、後ろへ」

干涸らびた声で叫んだのは、慎十郎でも森要蔵でもなかった。

ゆらりとあらわれた人物は、船橋角馬そのひとである。

悽愴《せいそう》とした物腰だが、弱々しい病人の顔は失《う》せていた。

「唐津軍内の相手は、それがしに任せてもらおう」

「あらわれおったな、船橋角馬め」

唐津は乾いた唇を嘗《な》め、不敵な笑みを浮かべる。

「藩内でわしに拮抗《きっこう》できるのは、おぬししかおらぬ。それゆえ、小野寺さまにわざわざお頼みして剣術指南役にしてやったに、おぬしは恩を仇《あだ》で返しおった。今ここで成敗してくれるわ」

「笑止千万なり。直正公に刃《やいば》を向けるなど言語道断、成敗されるべきは欲に目がくらんだ物狂いどものほうじゃ」

「寝言は地獄で吐け。まいるぞ、うりゃ……っ」

唐津が鉄人流なら、角馬も鉄人流である。

ふたりで四振りの大小を掲げたすがたは、暴れ牛と老練な牛が角突き合うかのような光景であった。

直正公も背後で固唾《かたず》を呑んでいる。

御前試合にしてはあまりに血腥《ちなまぐさ》く、死を賭して戦う者たちの吐息は熱い。

敵も味方も、対峙するふたりの闘いに注視した。

おそらく、この闘いの結末が直正公や藩の行く末すらも左右するにちがいない。

大袈裟なはなしではなく、慎十郎はそんな予感を抱いた。

「一撃で仕留めてくれよう」

唐津が暴れ牛の意気込みで吐きすてると、角馬は相手の気を殺《そ》ぐような動きに出る。

何と、二尺三寸（約七十センチメートル）はある刀のほうを鞘に納め、一尺五寸（約四十五センチメートル）ほどの脇差を右手青眼に構えたのだ。

「まやかしか。鉄人流の遣い手が脇差一本でどうする気だ」

「問答無用。されば、まいる」

角馬はつつっと雪面を滑るように進み、撃尺の間合いを越えた。

いや、越える直前で踏みとどまり、唐津の初太刀を呼びこむ。

「くりゃ……っ」

右手持ちの長い刀による上段斬り、切っ先がくんと伸びてくる。

これを脇差で弾かれるや、唐津は後方へ飛び退いた。
抜かぬほうの刀を警戒し、充分な間合いを取ろうとしたのだ。
角馬は躊躇《ためら》いもみせず、撃尺の間合いに踏みこんでいった。
慎十郎の目には、一陣の風が吹きぬけたかに感じられた。
「うぬっ」
唐津は虚を突かれ、ぐっと胸を仰《の》けぞらせる。
だが、角馬は勢いのままに突っこまず、ぴたりと動きを止めた。
唐津は得たりと気負いこみ、右手から上段討ちを繰りだす。
角馬は微動もしない。
溜《ため》をつくり、間合いを見切った。
慎十郎は目を釘付《くぎづ》けにされている。
――いつのまにか葉の端に留まりたる露の落つるがごとく攻めるべし。
まさに、円明流の奥義である不識の剣、落露の動きにほかならない。
唐津の一刀は空を切った。
「色即是空《しきそくぜくう》、空即是色《くうそくぜしき》」
角馬は般若心経《はんにゃしんぎょう》の一節を唱えつつ、脇差を無造作に突きだす。

「ぬん」

鋭利な先端は唐津の眉間を刺しぬいた。

まるで、豆腐でも刺すように根本まで埋めこまれる。

「……や、やったか」

直正公がつぶやいた。

唐津は倒れ、角馬はがっくり膝を落とす。

「くわっ」

慎十郎は我に返り、唐津の屍骸《むくろ》を飛びこえた。

怯んだ敵を追撃し、必死に逃げる小野寺帯刀を追いつめる。

「待て、悪党」

小野寺は転びながらも、脇差を抜いた。

そして、血走った目で睨みつける。

「みておれ、これが葉隠武士の最期じゃ」

胡座《あぐら》を掻《か》いて襟をはだけるや、脇差の先端を腹に突きたてた。

「いえい」

刺したはよいが、上にも横にも引けない。

噴《ふ》きでる血に狼狽《うろた》えつつ、弱々しく懇願してくる。

「介錯を、頼む……か、介錯を」

慎十郎は抜いた刀を鞘に納め、くるっと踵を返した。

小野寺の呻《うめ》き声はすぐに聞こえなくなり、残った連中は烏合《うごう》の衆となって何処へやらと散っていく。

雪原は凄惨《せいさん》な光景に包まれていた。

「戦さとは、このようなものかもしれぬ」

天空を仰げば、大鷹が美しい羽を広げている。

「十郎丸か」

奇《く》しくも、同じ「十郎」の名がついた殿さまの愛鷹だ。

十郎丸は主《あるじ》をみつけるや急降下し、直正公が差しだした拳に舞いおりた。

「みなのもの、大儀」

御前には、咲と森要蔵のすがたがみえる。

船橋角馬も、祈るように平伏していた。

「船橋よ、そなたのことはおぼえておるぞ。ふたたび、当家の剣術指南役になる気はないか」

「ありがたき幸せに存じまする。されど、一度はあれなる奸臣どもの手先となってはたらいた身、帰参をお許しいただく資格などござりませぬ」

「気にいたすな。そちはわしの命を守ってくれた。紛う事なき葉隠武士じゃ」

「もったいない。殿におことばを賜るだけで、充分にござりまする」

角馬はさめざめと涙を流した。

直正公はこちらに向きなおる。

「おぬし、当家の家臣ではないな」

「はい」

「名は」

「毬谷慎十郎にござります」

「五百俵で召し抱えるが、どうじゃ。わしの家臣にならぬか」

「いいえ、せっかくのおはなしですが、お断りいたします」

「禄が目当てではないのか。ならば、何故、わしの命を救うたのじゃ」

「船橋角馬どののご意志にしたがったまで」

「ほう、あっぱれなことを申す」

「殿、ひとつお伺いしたきことが」

「何じゃ、何でも申してみよ」

「されば、葉隠武士とは、どのような者のことを指すのでござりましょうか」

「ふむ、それはな」

直正公は少し間を置き、静かな語り口で応じた。

「ひとことで申せば、捨身《しゃしん》の心得を持つ者のことじゃ」

「捨身」

驚いた。「捨身」とは、父の慎兵衛が文字に書いてよこした唯一の戒めであった。

「無欲の心をもって、誰かのために尽くす。おぬしらの成敗した連中と対極にある者たちのことじゃ」

ばっと羽音を響かせ、十郎丸が颯爽《さっそう》と舞いあがる。

慎十郎は直正公のことばを噛みしめ、雲ひとつない蒼天《そうてん》をみあげた。

十二

師走十四日、大掃除が終わった翌日も冬日和となった。

麻布狸穴坂下の貧乏長屋は、何やら華やいだ空気に包まれている。

慎十郎は大家の吉三に言われ、損料屋から借りた紋付き袴を身に着けた。
冬は咲の介添えで、綿帽子をかぶった花嫁になりかわっている。
祝言をあげるのだ。
大家の吉三を筆頭に、長屋の連中もぞろぞろ集まってきた。
陽気な連中が何処まで真相を知っているのかもわからない。
ともあれ、みなで大いに盛りあげ、角馬を喜ばそうとしているのだけは確かだ。
ふと、嘘を吐いてまで祝言などあげていてよいのだろうかと、慎十郎はおもった。
だが、町医者に肩を抱かれてきた父親のすがたをみて、不安は吹きとんでしまった。
角馬は直正公に目見得《めみえ》した晩から、ほとんど寝たきりの容態になっていた。
骨と皮だけになりながらも、蒼白な顔に嬉《うれ》しそうな笑みを浮かべている。
すべてわかっていながら、知らぬふりをし、娘の晴れ姿に目を細めているのだ。
慎十郎は泣きたくなった。
こうなれば、堂々と新郎を演じきるしかあるまい。
祝言は近くの稲荷社を借りておこなわれる。
慎十郎は凜《りん》とした佇《たたず》まいで社殿にはいり、花嫁の到着を待ちつづけた。
やがて、長屋のみなに先導され、綿帽子姿の冬が楚々《そそ》と歩いてきた。

誰が何処で用意したのか、広い板の間には膳《ぜん》が二列に並んでいる。

簡素な膳ではあったが、長屋のひとたちの心がこもっていた。

夫婦になるふたりが屏風《びょうぶ》のまえに並んで座ると、大家の吉三が立ちあがり、唐突に自慢の咽喉を鳴らしはじめる。

「高砂《たかさご》や、この浦舟に帆をあげて、この浦舟に帆をあげて、月もろともに出潮の、波の淡路《あわじ》の島影や、遠く鳴尾《なるお》の沖過ぎて、はやすみのえに着きにけり、はやすみのえに着きにけり……」

眸子を細める角馬は、何をおもっているのだろうか。

生まれ故郷の景色を脳裏に浮かべているのかもしれない。

以前、聞いたことがあった。

背振《せふり》山を水源とする城原《じょうばる》川の河原には、春になると一面に菜の花が咲きほこる。黄金の毛氈《もうせん》を敷きつめたかのごとき光景は息を呑むほど美しく、自分は幼いころから川のそばで水車の回る音を聞きながら育ったのだと、角馬は懐かしげに語った。

今は亡き妻女は幼馴染《おさななじ》みで、若い時分から病がちだったので嬉野《うれしの》に何度か湯治に行った。できればもう一度、嬉野の湯に浸《つ》かりたいとも言い、自分が死んだら骨の欠片《かけら》を川古《かわご》の大楠の根本に埋めてほしいと、涙ぐんだりもした。

おそらく、来し方の思い出が走馬燈《そうまとう》のごとく流れていたにちがいない。生涯の締めくくりには、直正公に拝謁《はいえつ》でき、ありがたいことばも頂戴《ちょうだい》できた。悔いはあるまい。

偽の祝言を無事にやり終えた夜、船橋角馬は還《かえ》らぬ人となった。

せめてもの救いは、眠るように逝ってくれたことだ。

「父も喜んでくれたはずです」

冬は泣き笑いの顔をしてみせる。

慎十郎は穏やかな角馬の顔をみつめ、ふいに長屋をあとにした。

やってきたのは、深川洲崎の船蔵だった。

蔵の屋根看板には『肥前屋』とある。

桟橋へ足を向けると、荷を満載にした荷船がちょうど着いたところだった。

横柄な態度で人足たちに指図を送る商人は、肥前屋幸兵衛にほかならない。

拠《よ》るべき大樹を失っても、儲《もう》けのタネは尽きぬようだ。

欲に駆られて他人を顧みぬ悪党を許しておくわけにはいかない。

慎十郎は五体に殺気を漲《みなぎ》らせ、桟橋の端に向かってゆっくり進んでいった。

人足たちがすぐに気づき、恐がって肥前屋のそばから離れていく。

肥前屋幸兵衛は手にした提灯を掲げ、顎をわなわな震わせた。

「……お、おまえさんはあのときの」

「さよう、その節はずいぶん痛めつけてくれたな」

「……ま、待ってくれ。わたしは何ひとつやっていない。あのような責め苦は嫌いなのだ。唐津さまに命じられて、仕方なくあの場にいただけだ」

「唐津はおらぬ。小野寺帯刀も逝った。おぬしだけのうのうと生きておるのは、誰がどうみてもおかしかろう」

「お願いします、命だけは」

「悪党は最後に命乞《ご》いをするものだ」

慎十郎は顔色も変えず、藤四郎吉光を抜いた。

「ひゃっ」

肥前屋は提灯を落とし、小脇を擦《す》り抜けて逃げようとする。

――ひゅん。

刃音が唸り、猪首《いくび》がひとつ宙に飛んだ。

わずかに歪む小望月が、赤く染まったかにみえる。

慎十郎は提灯を拾い、荷船のほうへ無造作に投げた。

荷の片端に炎が点《つ》き、すぐさま荷船全体に燃えひろがる。

「蠟燭だけに、よう燃える」

桟橋に軋《きし》みを残し、大きな背中が去っていく。

すべては炎とともに消えゆく一夜の夢、葉隠武士との出会いがこのような結末を迎えようとは、慎十郎には想像すらもできなかった。

旅のつづき

一

庭の金縷梅《まんさく》は散り、福寿草《ふくじゅそう》の花弁も萎《しぼ》んだ。

年が明けて鶯《うぐいす》の初音を聞き、梅もちらほらと咲きはじめたというのに、暦だけは進まない。

閏《うるう》正月七日、ごろっと遠くに聞こえるのは虫起こしの雷か。

慎十郎は千代田城の甍《いらか》に掛かる黒雲を眺めながら、朝っぱらから不吉な兆しを感じていた。

が、空模様を暢気《のんき》に眺めている暇はなく、いろいろと用事を片付けねばならない。

庭掃除をしたあとは道場の雑巾《ぞうきん》掛け、薪《まき》割りや洗濯、朝餉《あさげ》の仕度もある。ことに、一徹は味噌《みそ》汁《しる》にうるさい。「味噌は仙台《せんだい》味噌、鰹節《かつおぶし》と昆布の出汁《だし》をほどよく効かせ、汁の実は極細の千六本」などと、細かく指図してくる。

それでも、慎十郎の日々は充実していた。

年の暮れに勇気を出して「年越しに行ってもよいか」と問うたら、咲は「餅《もち》を搗《つ》いてくれるなら」と、にっこり笑ってくれた。

船橋冬は父角馬の遺骨を抱き、故郷の佐賀へと旅立っていた。

麻布狸穴の裏長屋で暮らす理由もなくなったので、すぐに引き払い、無縁坂の丹波道場へ引っ越したのだ。

一徹は「出戻りめ」と吐きすてながらも、心の底から嬉《うれ》しそうに迎えてくれた。

もちろん、咲が森要蔵と祝言をあげるはなしは、一徹の勇み足であった。

あいかわらず稽古《けいこ》はつけてもらえぬものの、咲と同じひとつ屋根の下で暮らしていることが、慎十郎にとっては何にも代えがたい褒美のように感じられる。

「いっしょに亀戸の梅でも愛《め》でにいくかな」

そんなことをつぶやいていると、門前に見知った人影があらわれた。

幼馴染《おさななじ》みの石動友之進である。

「おう、友之進ではないか。いかがした、咲どのに愛想を尽かされ、しばらく道場に顔をみせなんだらしいな」

「誰《だれ》がさような戯《ざ》れ言《ごと》を」

「一徹先生にきまっておろう。おぬしが咲どのに惚《ほ》れておるのは、先刻承知済みだと聞いたぞ」

「黙れ。口を噤《つぐ》まぬと、斬《き》って捨てるからな」

「おほっ、怒った顔が蛸《たこ》にみえるわ。ところで何用だ。わしに用があって参ったのであろう」

「殿のお呼びだ。暮れも正月も挨拶《あいさつ》に来ぬ。生きているかどうかみてこいと、ご家老にも命じられてな」

「赤松の爺《じい》さまが、さようなことを。ふふ、何やかやと口うるさい爺さまだが、本心ではわしのことを好いておるようだな」

「のうらく者め、勝手にそうおもっておれ。ともかく、来い」

「えっ、今から御屋敷へ参るのか」

わざとらしく驚いてみせると、友之進は舌打ちをする。

「そのような小汚いなりで御目見得《おめみえ》は叶《かな》わぬが、道中で損料屋に立ちより、紋付き袴《はかま》にでも着替えればよかろう」

「待ってくれ。朝餉の仕度がまだ残っておる」

「御老中でもあられる安董公への御目見得と、道場の朝餉と、いったいどっちがだいじなのだ」

「無論、だいじなのは道場の朝餉だ。ぬひゃひゃ」

慎十郎は大笑して背を向け、小唄《こうた》を唄いながら勝手へ向かう。

すべて済ませて戻ってくるまで、半刻（約一時間）近くは掛かったであろう。

友之進はそのあいだ、門前で歯噛《はが》みしながら待ちつづけていた。

「おぬし、まだおったのか」

「あたりまえだ。やりたくない役目でも、わしに課された役目だからな」

一徹と咲も興味津々の体でやってくる。

「おお、誰かとおもえば、石動友之進ではないか。息災《こうべ》にしておったか」

一徹から親しげに声を掛けられ、友之進は深々と頭を垂れた。

顔を持ちあげた拍子に咲と目が合い、おもわず横を向いてしまう。

「おっ、目を逸《そ》らしたな。おぬしはたった今、咲に斬られたぞ」

ばさっと、無刀で袈裟懸《けさが》けのまねをしてみせ、一徹は白い無精髭《ぶしょうひげ》を揺らして笑う。

やがて、一徹と咲が道場のほうへ去ると、ようやく緊張が解けたのか、友之進はふっと肩の力を抜いた。

「ふたりのまえに出ると、何でおぬしはそうなるのだ」

「知らぬわ」

慎十郎は少し哀れにおもい、幼馴染みの肩に手をまわそうとする。

友之進はこれを拒み、足早に歩きだした。

「おい、どうした。何をひねくれておる」

「ひねくれてなどおらぬわ」

足軽の家に生まれながらも、持ち前の利発さと剣の技倆《ぎりょう》を買われ、江戸家老付きの用人に抜擢《ばってき》された。ふたつ年下の慎十郎とは道場で鎬《しのぎ》を削った仲でもあり、何かと対抗心を燃やしてきたが、途中からは張りあう気も失《う》せた。慎十郎の奔放な生き方に憧《あこが》れながらも、自分にはできぬものとあきらめたからだ。

自分には出世を生きるよすがとするしかなく、それが故郷にひとり残してきた母を喜ばせることでもあると、友之進は頑なに信じこもうとしていた。

幼馴染みの気持ちなど慮《おもんぱか》ることもなく、慎十郎は気軽な調子で問いかける。

「殿の御用とは何であろうかのう。どうせ、ろくなはなしではあるまい」

「おい、無礼だぞ。と言っても、今にはじまったことではないがな。わしにもようわからぬが、刀に血を吸わせる覚悟だけはしておいたほうがよかろう」

「物騒なことを言うな。たとい、殿の御命であろうとも、人斬りは御免だぞ。それだけは峻拒《しゅんきょ》してみせるからな」

黒雲がいっそう低く垂れこめてきた。

爪先《つまさき》が凍えるほど寒く、雪でも降ってきそうな気配だ。

地べたは露出しているものの、底冷えのする朝などは商家の軒に氷柱《つらら》が垂れさがる光景もまだ見受けられた。

龍野藩脇坂家の上屋敷は、和田倉門《わだくらもん》外の辰《たつ》ノ口《くち》にある。

道中で着替えを済ませ、髷《まげ》も結いなおしてきたので、上背のある慎十郎は威風堂々《いふうどうどう》とした勤番侍にみえた。

顔見知りの門番も満面の笑みで通してくれた。

いくら避けようとしても、やはり、ここが自分の帰るところなのかもしれぬとおもってしまう。

安董公への目見得よりまえに、赤松豪右衛門の待つ家老屋敷へ案内された。

庭のみえる居間へ通されると、豪右衛門はいつもの仏頂面で端座していた。

友之進は襖障子《ふすましょうじ》を閉めて部屋の隅に控え、慎十郎は下座に尻《しり》を下ろす。

豪右衛門は面倒臭そうに目を向け、眉間《みけん》に深い皺《しわ》を寄せた。

「殿のご懸念が的中した。これからわしが申すことは、口外無用と心得よ」

「はあ」

「はあではない。約束せよ。お国の一大事じゃ」

「かしこまりました。誰にも口外いたしませぬ」

「丹波道場の爺さまと孫娘にも黙っておるのだぞ」

「はあ」

「はあではないと言うておろうが」

豪右衛門は一拍間を置き、つとめて冷静に告げた。

「本日未明、大御所家斉公が身罷《みまか》った」

「何と」

五十余年も将軍の座にあり、四年前に隠居して大御所となってからも幕政に容喙《ようかい》しつづけた家斉公が逝去したというのである。

「享年六十九歳であられた。わが殿より五歳若い。殿を老中に抜擢なされたは、何でも気兼ねなく相談できる相手が殿以外におられなんだからじゃ。今、幕政を動かしておるのは、誰もが切れ者とみとめる水野越前守さまじゃ。越前守さまは激しやすいご性分ゆえ、ともすれば過激な言動に走られることがある。これを抑える重石《おもし》の役目として、大御所さまはわが殿に期待を掛けておられた。ときには、じつの兄のように慕い、親藩や譜代の御大名衆には相談できぬようなことまではなされておった。殿の沈痛はいかばかりか、わしとて想像もおよばぬほどじゃ。正直、おことばを掛けるのも憚《はばか》られるほどの落ちこみようでな、おぬしを呼ぶのもやめようとおもった。それとなく言上すると、殿は力無く首を左右に振られ、こうしたときにこそ、型破りな悪たれに会いたいと仰せになったのじゃ」

「型破りな悪たれにござりますか、ずいぶんな仰《おっしゃ》りようですな」

「前しかみぬ猪《いのしし》侍の生き方を、殿は好んでおられる。どうにかして生きる勇気を得たいと、縋《すが》るようなお気持ちで仰せになったのじゃ。わかるな、慎十郎よ、底抜けの明るさで殿のお気持ちを慰めて差しあげよ」

「かしこまりました、お任せを」

　慎十郎は胸を張って応じた。安董公を慰めたい気持ちは誰よりも強い。そうした事情なら、どのようなことをしてでも元気を取りもどしてもらわねばなるまい。

「されどな、おぬしにはもうひとつ、だいじな御役目がある。殿に代わってわしが申しわたすゆえ、慎《つつし》んでお受けしろ」

　はいと凜々《りり》しく応じるところであったが、慎十郎は寸前で返事を呑《の》みこんだ。

「お待ちくだされ。どのような御役目にござりましょう」

「密命じゃ」

「ならば、なおさらにござる。それがしは藩を出奔した身にござりますれば、お受けするかどうかは、おはなしを伺ってからにしとうござります」

「小賢《こざか》しいやつめ、殿のご心痛がわからぬのか」

「それとこれは、はなしが別にござります」

「よし、されば、言うてつかわす。水野越前守を亡き者にせよ」

「えっ」

脇《わき》に控える友之進も、ごくっと唾を呑みこむ。

慎十郎は顎《あご》を突きだし、赤松の顔を穴が開くほどみつめた。

「大御所さまのご遺言《ゆいごん》なのじゃ」

遺言ならば詮方《せんかた》あるまいとでも言いたげに、赤松は首を左右に振ってみせる。

このような禍々《まがまが》しい密命を聞いたあとに、穏やかな心持ちで安董公に目見得できるわけがない。密命を峻拒せねばならぬと焦りながらも、咽喉《のど》の奥が引きつってしまい、ことばも出てこなくなった。

二

安董は脇息にもたれ、何度もみている夢をみた。

甲冑《かっちゅう》を纏《まと》って愛馬にまたがり、修羅となって戦さ場を駆けまわっている。右脇にたばさむのは九尺（約二・七メートル）の長槍《ながやり》、穂先は貂《てん》の皮でこしらえた鞘《さや》に納まっていた。希少な槍鞘はご先祖が丹波《たんば》攻めの際に敵将から奪った戦利品、貂の皮こそは勇猛果敢《ゆうもうかかん》な脇坂家の象徴にほかならない。

「はいや……っ」

愛馬の腹を踵《かかと》で蹴《け》り、敵中へ怒濤《どとう》のごとく突進していく。

波打つ敵の旗幟《きし》には、水野沢瀉《おもだか》の家紋が染めぬかれていた。

「越前め……」

芝居に寄席に読本まで、庶民から多くの楽しみを奪って倹約を強要し、一方では札《ふだ》差《さし》に借金を棒引きさせたり、天保小判や天保銭といった質の劣る貨幣を濫造《らんぞう》して商取引の秩序を壊そうとする。

「……大御所さまこそが、おぬしの言う『改革』なる諸施策を阻《はば》む最強にして最後の壁にほかならなかった。家慶《いえよし》公をまんまと丸めこみ、大御所さまの排斥《はいせき》を虎視眈々《こしたんたん》と狙《ねら》っていたのであろう」

ひょっとすると、家斉公は毒を盛られたのかもしれない。

越前守忠邦が裏で手をまわしたのだとすれば、看過できぬはなしだ。

もちろん、越前守は信用できぬ男だが、まさか、家斉公を亡き者にしようなどと、そこまで大それたことのできる男にもおもえなかった。

安董としては、確信が持てない。

どちらにしろ、真相は藪《やぶ》の中だ。

ただ、家斉公はみずから凶事を予期しておられたにちがいない。

「それゆえ、あのようなご遺言を……恐れ多いことじゃ」

安董は弱々しく首を振り、考えるのを止《や》めた。

今日ほど老いを感じたことはない。

悪夢としか言いようがないが、家斉公は逝った。

いまだ、数人の小姓と侍医、それに幕閣の重臣たち以外は知らない。

小姓も侍医も、誰ひとり息を引きとったことに気づかなかったという。

おそらく、侍医長の吉田成方院《よしだせいほういん》は御役目不首尾で処罰されるであろう。

当面のあいだ、その死は隠蔽《いんぺい》され、少なくとも月末までおおやけにされることはあるまい。

家斉公は好き嫌いのはっきりしたお方であった。

この身が弱冠《じやつかん》二十四で寺社奉行に抜擢されたのも、無鉄砲と紙一重の一所懸命さが目に止まったからだろう。信頼を得たのは三十六のとき、色坊主と大奥女中らの淫行《いんこう》を果敢に摘発《てきはつ》して裁いた。谷中延命院《やなかえんめいいん》の悪名高い住職の日道《にちどう》を捕らえて獄門台へ送り、大奥にも厳正な処分を下し、巷間《こうかん》では名奉行と謳《うた》われたのだ。

「さすがは賤《しず》ヶ岳《たけ》七本槍のひとり、脇坂甚内安治《じんないやすはる》の末裔《まつえい》じゃ。剛毅《ごうき》さと反骨心は並みでない」

直々《じきじき》に褒められた。家斉公から気に入られ、二十二年間も寺社奉行をつとめることとなった。

さらに、いちど身を退《ひ》いてからのちも、請われて十六年後に再登用された。

――また出たと　坊主びっくり　貂の皮

そのときに詠《よ》まれた落首である。

権威に胡座《あぐら》を掻《か》いた宗門の天敵と目され、市井からも大いに歓迎された。寺社に睨《にら》みを利かせるだけでも効果覿面《こうかてきめん》、上屋敷の所在地に因《ちな》んで「辰ノ口の不動明王」という綽名《あだな》までつけられ、とんでもない金星を挙げてみせた。

但馬国出石藩《たじまのくにいずし》を治める仙石家のお家騒動を見事に裁き、一方に肩入れした老中首座の松平康任《まつだいらやすとう》を藩ぐるみで密貿易に手を染めた廉《かど》で失脚させたのだ。その功績を家斉公に高く評価され、継嗣《けいし》の後見とされ、西ノ丸老中に抜擢された。出世はそれだけに留《とど》まらず、ついには古希《こき》を迎えたにもかかわらず、本丸老中の座に就いたのである。

脇坂家は外様から願いでて譜代格に直された入譜代であり、外様の家系から本丸老中に出世した大名はほかにいなかった。

「すべては、大御所さまの思しめしじゃ」

眸子《まなこ》を瞑《つぶ》れば、播磨の小京都と呼ばれる国元の景色が浮かんでくる。

城下の東には揖保川が流れ、清流を行き来する高瀬舟には醤油《しょうゆ》や素麺《そうめん》などの特産品が積まれていた。なかでも隆盛を誇る醤油問屋の蔵が川沿いに軒を並べ、振りかえれば北には鶏籠山、西には的場山《まとばさん》が聳《そび》えている。鶏籠山の麓《ふもと》に築かれた城には春霞《はるがすみ》がたなびき、聚遠亭《しゅうえんてい》では優雅な茶会が催されていた。瞼《まぶた》の裏に浮かんでくるのは、播州随一の米所と自慢できる故郷の景色であった。

「羨《うらや》ましいのう」

まだ若いころ、家斉公に言われたことがある。

「おぬしには故郷があって羨ましい」

寂しげにつぶやいた横顔に、幕府を背負ってたつ将軍の苦悩をみたおもいだった。

「そう言えば、大御所さまに自慢できることがもうひとつあったな」

円明流の元剣術指南役、毬谷慎兵衛のことだ。

千代田城で催された御前試合で見事な剣技を披露し、家斉公から藤四郎吉光の宝刀を賜った。しかも、直々に「公儀の剣術指南役にならぬか」と誘われたにもかかわらず、身の丈に合わぬという理由で峻拒してみせた。

「慎兵衛め」

峻拒されたときは落胆したが、家斉公の「当主も反骨なら、家臣も反骨じゃ」というひとことに救われた。

されど、因縁は繰りかえすもの。

わしの顔を潰《つぶ》した「反骨慎兵衛」に刃向かう者が出てきおった。

毬谷家三男坊の慎十郎である。

国元で勝手気儘《きまま》に振るまい、父に勘当されたにもかかわらず、許しを請うどころか、御下賜の宝刀を盗んで故郷を飛びだした。

初めて目見得を許したときの印象が忘れられない。

まっすぐで物怖《ものお》じせず、眸子をぎらぎらさせていた。戦さ場を疾駆する若武者の気概を纏い、日の本一の剣客になる志を堂々と語ってみせたのだ。

「あやつはあらゆる権威を嫌う。いかなる相手であろうと媚《こ》びず、頑なに我が道を貫こうとする」

そして、巨悪には徹底して抗い、許し難い悪党には正義の鉄槌《てっつい》を下す。

安董は慎十郎の荒々しさを好み、一方では純粋に悪を憎む気持ちに訴えかけ、打ち毀《こわ》しを扇動《せんどう》していた黒天狗《くろてんぐ》党の首魁《しゅかい》を成敗させた。それを皮切りに何度か密命を下し、世に蔓延《はびこ》る悪党どもに引導を渡す汚れ役を担わせたのだ。

すでに多くの血を吸ってきた藤四郎吉光を使って、今度は家斉公の敵討ちをさせようとしている。

もちろん、毒を盛られた証拠もなければ、水野越前守が凶事を画策したという証拠もなかった。安董は自分だけに託された遺言を果たすべく、無謀なことをしでかそうとしているのかもしれない。

「あやつめは首を横に振り、できるわけがないと断ってくるであろうな」

そうしてくれることを、本心では望んでいるのかもしれなかった。

もはや、みずからの望んでいることすらわからなくなってくる。

やがて、廊下の向こうから、それらしき跫音《あしおと》が近づいてきた。

襖を開けてあらわれたのは、獣の臭《にお》いがする若侍である。

「慎十郎か……」

あの者の目に、自分はどう映っているのだろう。

老いさらばえた死に損ないにみえているのかもしれぬ。

だが、武士としての矜持《きょうじ》だけは、死の際まで失うまい。

「殿、毬谷慎十郎めをお連れいたしました」

赤松豪右衛門の呼びかけに応じ、安董は顔をわずかに持ちあげた。

あまりにも弱々しく、頤《おとがい》で蠅《はえ》を追うという喩《たと》えがふさわしい。

「近う寄れ、近う」

扇で差し招くと、慎十郎は大きなからだで近づいてくる。

「どうした、何か喋《しゃべ》らぬか」

「はっ、安董公におかれましては……ご、ご機嫌麗《うるわ》しゅう」

「何を申しておる。おぬしらしくもない。廻国《かいこく》修行に出ておったらしいの。行く先々で何があったか、おもしろい土産話でもしてくれ」

掠《かす》れた声で促すと、慎十郎は懸命に喋りつづけたが、何ひとつ耳にはいってこなかった。

野鯉《のごい》が口をぱくつかせるように、間抜けな顔しかみえていない。

「もうよい、さがれ」

密命のことは告げず、安董はぐったり脇息にもたれた。

微動もせぬすがたは、魂の抜けた石仏のようでもある。

一方、慎十郎は後ろ髪を引かれるようなおもいで廊下をわたっていた。

どのような密命であれ、安董のために果たしてやりたいとまでおもったほどであったが、さすがに老中首座の暗殺という重い石を抱いて淵《ふち》に入る勇気はなかった。

三

九日経《た》った。

龍野藩からは何の音沙汰《おとさた》もない。

密命のことはもやもやと心にわだかまっているものの、大過なく時が過ぎていくことを祈るばかりだ。

陽気にも誘われ、龍野藩邸のある辰ノ口までやってきた。

藩邸を訪ねる気はない。ただ何となく足を運んだだけだ。

和田倉濠から流れてくる水を桶《おけ》に汲《く》むのは、水売りの親爺《おやじ》であろうか。

慎十郎は正門のほうへ行きかけ、溜息《ためいき》を吐《つ》きながら踵《きびす》を返す。

「やっぱり、止めておこう」

するとそこへ、あらぬ方角から声を掛けられた。

「慎十郎、何をしておる」

道三河岸《どうさんがし》のほうから近づいてきたのは、友之進にほかならない。

もうひとり、六十過ぎのしょぼくれた侍を連れている。

慎十郎は返事もせず、背を向けて足早に去ろうとした。

「待て、密命はまだ生きておるのだぞ。ちょうどよい、こちらの方を紹介しよう。元御庭番《おにわばん》、間宮林蔵《まみやりんぞう》どのだ」

元御庭番と聞き、慎十郎は振りかえった。

「どうも」

薄い反応に面食らい、友之進がつづける。

「おぬし、間宮林蔵どのを知らぬのか」

「ああ、知らぬ」

「蝦夷《えぞ》の地図をお描《か》きになったお方だぞ。もちろん、それだけではない。石州浜田藩《せきしゅうはまだ》が藩ぐるみでおこなった密貿易を綿密に調べあげたのも、この間宮どのなのだぞ」

密貿易のきっかけは、浜田藩御用商人の会津屋《あいづや》八右衛門《はちえもん》からの献策《けんさく》であった。借金まみれになっていた藩財政再建の秘策として、藩は幕府から禁じられている異国との交易を容認したのだ。会津屋は藩の御墨《おすみ》付きを得て朝鮮《ちょうせん》半島の東沖に浮かぶ竹島《たけしま》に渡り、李氏朝鮮《りしちょうせん》と交易をおこなって巨利を得た。

ところが、浜田藩の動向を怪しんだ間宮に勘づかれ、藩ぐるみの密貿易であったことが露見する。間宮の調べた内容が動かぬ証拠となり、国家老の岡田頼母《おかだたのも》と国年寄の松井図書《まついずしょ》は切腹、江戸屋敷で陣頭指揮を執っていた勘定奉行の宇野監物《うのけんもつ》と会津屋八右衛門は鈴ヶ森《すずがもり》にて斬罪《ざんざい》、幕政の舵《かじ》を握る老中首座でもあった藩主の松平周防守《すおうのかみ》康任は永蟄居《えいちっきょ》に追いこまれ、松井松平家は陸奥国棚倉《むつのくにたなくら》へ懲罰転封《てんぽう》を命じられた。

わずか、四年前の出来事である。

ちょうどそのころ、松平康任は出石藩仙石家の御家騒動にも深く関わっていたことが取り沙汰《ざた》されており、公方家斉は厄介な一件の調べと裁きを当時の寺社奉行であった安董に一任していた。

老中首座までつとめた人物を権力の座から追いおとし、安董は出世の手蔓《てづる》を掴《つか》んだ。

そう考えれば、間宮林蔵が出世のきっかけをつくったと言っても過言ではない。

ゆえに、友之進のことばにも自然と力がはいる。

「間宮さまの名を聞けば、万石大名でさえも震えあがる。それほどのおひとなのだぞ」

「友之進よ、おぬしはいつから隠密《おんみつ》の手先になった」

「何だと」

「しかも、みたところ、隠居ではないか。大御所の死因を調べさせるのに、隠居した隠密を使うのか」

友之進は怒りでことばを失う。

「ふはは」

助け船を入れるかのように、間宮が嗤《わら》いあげた。

「もしや、噂《うわさ》の御仁か。たしか、御姓名は毬谷慎十郎どの」

「いかにも」

「動かぬ証拠が出たあかつきには、おぬしが刺客となるのであろう」

「さあな。殿さまにやると申しあげたわけではない」

「ふふ、その慎重さは得難いな」

「何だと」

「まあまあ、そうむきになるな」

間宮は咳払《せきばら》いをし、はなしをつづけた。

「おぬしの申すとおり、容易な一件ではない。鍵《かぎ》を握る小姓と奥医師がふたりとも自刃したことだしな」

「えっ、さようなことがあったのか」

「あった」

大御所家斉が逝去して二日後のことだという。

「追腹を切ったと言う者もあったが、ふたりとも毒を盛ることはできても、追腹を切るほどの肝《きも》っ玉《たま》はない」

「そやつらが毒を盛ったのか」

「おそらくな」

と、間宮は確信を込める。

「されど、ふたりが死んで、それを証明する手だてはなくなった。わしは今、ふたりを死に追いやった者を探しておる」

「何故、間宮どのがそこまでやるのだ」

慎十郎が首を捻《ひね》ると、間宮は襟を正した。

「脇坂中務大輔さま直々のお願いとあらば、何をさておいてもやらずばなるまい。無礼を承知で申せば、わしは脇坂さまの人品骨柄《じんぴんこつがら》に惚れておってな、むしろ、おぬしがそういう気持ちにならぬが不思議でたまらぬ。少なくとも一度は禄《ろく》を貰《もら》った身であろうに、お世話になったお殿さまの窮地を助けようともせぬとはな」

「ふん、余計なお世話だ。そっちこそ、幕府の犬であったはずなのに、飼い主とも言うべき水野越前守を疑うのか」

「相手が誰であろうと、悪事は見逃せぬ」

凛然《りんぜん》と発したそばから、間宮は自嘲《じちょう》してみせる。

「犬は犬でも、わしは飼い主に馴《な》れぬ犬でな、時には平気で飼い主の手を噛んでみせるのさ。わしはみずからの信念に基づいて動く。それが正しいとおもえば、たとい飼い主であろうとも地獄の淵へ連れていく」

間宮に睨みつけられ、背筋がぞくっとした。

やはり、修羅場を潜《くぐ》ってきた者の目はちがう。

「ふふ、案ずるな。いざとなれば、こちらの石動どのが、おぬしの代わりに密命を果たすであろうからな」

唐突に指名され、友之進は小鼻をぷっとひろげた。

すでに、覚悟は決めているのであろう。

否定もせず、口を真一文字に結ぶ。

「そうはさせぬ」

うっかり、慎十郎は口走ってしまう。

「証拠さえみつかれば、わしが殿の密命を果たす」

「ほう、さようか。さすが、播州随一と噂される剣客よ。腰に差した白刃はつねに研いであるとみえる」

「研いでなどおらぬわ」

「されば、鍛冶橋《かじばし》そばの『松葉屋《まつばや》』を覗《のぞ》いてみるとよい」

「『松葉屋』だと」

「ふふ、研ぎ賃の安い研ぎ屋さ」

ぽんと間宮に肩を叩《たた》かれ、慎十郎は嫌な気分になった。

巧みな話術につられ、おもってもないことを口にしてしまった。

正直、大御所家斉が毒殺されようがされまいが、どうでもよい。

雲の上の権力争いなどに興味はないし、巻きこまれたくもなかった。

だが、やると口走った以上、やらねばならぬ。

慎十郎は息苦しさをおぼえ、ふたりのそばから離れた。

そして、浮かぬ顔で歩きつづけ、気づいてみれば京橋のほうまでやってきていた。

間宮に言われるまでもなく、藤四郎吉光を研ぎにだそうとおもっていたのだ。

懐中《かいちゅう》には魚河岸《うおがし》の荷運びで稼いだ手間賃もある。

なるほど、鍛冶橋周辺は研ぎ屋の集まるところであった。

微細な刃こぼれなどは研ぎ師でなければ修復できぬため、半年に一度程度はかならず訪れていたが、廻国修行で留守にしているあいだに、町の雰囲気はずいぶん変わってしまった。

以前あったはずの店が何軒か無くなっている。代わりに見慣れぬ大店《おおだな》が目抜き通りにでんと構え、研ぎだけでなく柄巻《つかま》きや鞘の修理など刀に関わることのすべてを請けおっていた。

「ここが『松葉屋』か。ふうん、たしかに、研ぎ賃はずいぶん安いな」

看板にわざわざ「研ぎ銀五匁《もんめ》、柄巻き銀三匁」と、大きな字で書きつけてある。

通り相場の半額に近い。これだけ安い値で勝負されたら、ほかの店は移転したくもなるだろう。あるいは、廃業を余儀なくされた研ぎ師もあったにちがいない。

店のなかも賑《にぎ》わっているようなので、慎十郎は敷居をまたいでみた。

「お越しやす」

何やら、上方《かみがた》風の出迎えだ。

「呉服屋のようだな」

「いえいえ、お客さま、こちらは歴《れっき》とした研ぎ屋でおます」

鉢頭《はちあたま》の男が手揉《ても》みしながら、立て板に水のごとき勢いで喋る。

「御刀のことなら何なりと。こちらにお店を構えさせていただき、たった一年で五百軒ものお得意さまを得られました。何千枚という引札をお武家屋敷の隅々までお配りし、どのような些細《ささい》な御用でも承ってまいりました。かように繁盛させていただいておりますのも、地道に重ねてまいった努力のたまものと、かように自負しておます」

「よく喋る男だな、番頭か」

「へえ、番頭の佐平《さへい》でおます。お客様のお腰のもの、拵《こしら》えを拝見しただけでも立派なお品とお見受けいたします」

「当家の宝刀だ」

「ならば、是非、手前どもに研ぎをお任せくださいまし」

「さて、どうするか。安かろう悪かろうでも困るしな」

佐平はすっと身を寄せ、わざとらしく声を落とす。

「じつを申せば、遠州浜松藩《えんしゆうはままつ》の御用も承っておます」

「浜松藩と申せば、藩主は水野越前守さまか」

「へえ、今をときめく御老中、水野越前守さまの御刀も研がせていただいております
よってに、どうかご安心を」

権力者の御墨付きがあっての人気なのであろうか。それならば、預けるのも嫌にな
るが、半値の魅力には逆らえない。

慎十郎は藤四郎吉光を鞘ごとぬき、如才《じよさい》のない番頭の手に預けた。

「へえ、おおきに」

頭をさげる番頭から、代わりの鈍刀《なまくら》を手渡される。

刀を腰に差さぬ侍は胡乱《うろん》な目でみられるため、そうさせぬための配慮だ。

慎十郎は馴れぬ刀を腰に差し、店に背を向けて歩きだす。

得をしたはずなのに、損をしたような気分になる。

今さら遅いが、隠密の言うことを安易に聞いてしまったことを悔いていた。

四

錦繍《きんしゅう》に彩られた赤城山《あかぎさん》の山中だった。

犬鷲《いぬわし》をみた。

羨ましいとおもった。

天空に悠然とはばたいて俯瞰《ふかん》すれば、おのれの小ささがよくわかるであろう。

父に勘当されて故郷の龍野を飛びだしたとき、何か拠《よ》り所《どころ》が欲しくなり、家宝の藤四郎吉光を盗んだ。江戸の名だたる道場を席捲《せっけん》し、あらゆる剣豪とわたりあって勝利する。満願成就となったあかつきには、御下賜の宝刀に似つかわしい威風を放ち、意《い》気揚々《きようよう》と龍野に凱旋《がいせん》する。そんな志を抱いていた。

だが、江戸に出てきてみると、自分より強い剣士は十指に余るほどいた。

生半可《なまはんか》な気持ちで頂点に立つことはできぬと悟り、丹波道場の門を敲《たた》いたのだ。

あるとき、一徹に言われたことばが胸に刺さった。

「剣によって身を立てたい、誰よりも強くならんと欲し、おぬしは故郷を捨てた。されど、おぬしはいまだ何者にもなっておらぬ」

何事かを成し遂げたいのに、何事も成せずにいた。

確かに生きることの証《あか》しを得んがため、慎十郎は廻国修行の旅に出た。

地の果てまで行けば、何か確乎《かっこ》としたものを手にできるかもしれない。

わずかな期待を抱いて奥州道をたどり、何日もかかって下北《しもきた》半島の突端《とったん》にたどりついた。

恐山《おそれざん》である。

賽《さい》の河原《かわら》で風車が回っていた。

「戻れ戻れ」

水子の霊にささやかれた。

あれは風の音であったか。

奈落《ならく》の底を覗けば、宇曽利山《うそりやま》湖が濃紺の水を湛《たた》えていた。

吸いこまれそうになったが、どうにか耐え、霊場に背を向けた。

それは廻国修行の終わりであり、新たな始まりでもあった。

並みいる剣客とわたりあい、わかったことがひとつある。

勝ちたいという欲を捨てねばさきはないということだ。

おのれを磨き、欲を殺《そ》ぎおとす旅を経て、ようやく剣の真髄に迫ることができる。

そう信じて旅をかさね、一皮も二皮も剝《む》けて江戸へ戻ってきたはずであった。
ところが、以前と同様、何かに縛られて生きねばならぬ運命《さだめ》が待っていた。
大空を自在に飛びまわる犬鷲になりたい。
今日ほど、強くそうおもったことはなかった。
道場に戻ると、めずらしく一徹が竹刀を振っている。
——ぶん、ぶん。
力強い音を聞いていると、剣士の本能が疼《うず》いてきた。
三尺八寸の竹刀を握り、裸足《はだし》で道場のまんなかへ進む。
いつもなら、一徹は稽古を止めて奥へ引っこんでしまうところだ。
が、今日はちがった。
「やるか」
心の躍るような台詞《せりふ》を発したのである。
千葉周作との申し合いを望む以上に、一徹と竹刀を交えたいと望んでいた。
死ぬまで叶うまいとあきらめていたのに、軽い調子で誘われたのだ。
「お願いします」
以前の慎十郎ならば、勢いこんで突進していったにちがいない。

だが、自然とそうはならなかった。

深い湖に沈んだ心地にも似て、対峙《たいじ》した途端に音が消えた。

――水月移写。

ぽっと、一刀流の伝書にある極意の一節が浮かんだ。

――月、無心にして水に移り、水、無念にして月を写す。内に邪を生ぜざれば、事能《よ》く外に正し。

暗闇《くらやみ》に一徹のすがたがくっきり浮かび、気息まで聞こえてきた。

慎十郎は巌《いわお》の身でどっしり構え、一徹の気が動く一点に集中する。

おそらくは一瞬なのであろうが、気の遠くなるような時が流れた。

――敵何《いか》ように打とうとも、小太刀を突支《つきさし》て千変万化にもかまわず、太刀のぴかりとするところへ、初一念を直《す》ぐに打込むべきなり。

脳裏を巡る剣理は、柳生十兵衛《やぎゅうじゅうべえ》の唱えた新陰《しんかげ》流の極意か。

白鬚《しらひげ》の好々爺《こうこうや》であるはずの一徹が、三面六臂《さんめんろっぴ》の摩利支天《まりしてん》にみえる。

「はあっ」

摩利支天は口から炎を吐き、雲上を滑るように迫った。

面前で足を止め、腰の高さで竹刀を横に払う。

たったそれだけの動きだ。肋《あばら》一寸のところを、切っ先が通りすぎる。

風を感じた。

竹刀の動きは止まってみえる。

つぎの瞬間、慎十郎は我に返った。

「花散《はなち》らしじゃ」

一徹が静かに言った。

そのすがたは、元の離れた位置にある。

慎十郎は竹刀を提げた。

問わざるを得ない。

「丹石流の奥義《おうぎ》を、何故、それがしに」

「おぬしの技倆がそこまで達しておったからじゃ。咲には黙っておれ」

「されど、奥義は一子相伝なのでは」

「そうじゃ。咲は一生知らずに終わる」

「……よ、よいのですか」

「よいのじゃ。咲は奥義など知らずともよい」

一徹はいつになく厳しい顔で言ってのける。

「おぬしも知るとおり、咲が七つの帯解《おびとき》を祝った年の冬、父親は斬られた」

表向きは道場を継いでいたが、裏では公儀の隠密御用を担っており、探察中の相手に気づかれて刺客を差しむけられたのだ。

「残された母親は嘆き、衰弱したあげくに流行病《はやりやまい》で逝った。咲はの、双親の死から逃れたい一心で剣術修行に明けくれたのじゃ。強いおなごは嫌われる。同い年の連中に忌《い》み嫌われても、あれは気丈さを保つことで、どうにか生きてこられた」

無心に木刀を振れば、双親を失った悲しみから逃れられる。それゆえ、厳しい冬も、暑い夏も、重い木刀を振りこんだ。疲れきって気を失うまで、何百回、何千回と木刀を振りつづけたのだという。

「わしは咲を憐《あわ》れみ、手塩に掛けて育ててきた。なれど、わしにできるのは剣術を教えることだけじゃ。ほんとうは花色模様の振袖《ふりそで》を仕立ててやり、琴や花も習わせてやりたかったに、おなごらしいことは何ひとつしてあげられなんだ。咲にはな、おなごとして幸せになってほしいのじゃ。道場など継がずに、好いた相手といっしょになればそれでよい」

涙目で訴えられ、慎十郎は戸惑った。

ずるっと、一徹は洟水《はなみず》を啜《すす》りあげる。

「ふん、まあよい。花散らしの奥義とは、形や技でないことがわかったであろう。理《り》合《あい》として説くこともできぬ。ただ、感じるしかない。感じることができぬとすれば、それがおのれの技倆ということじゃ」

「はい」

「わかったら、夕餉《ゆうげ》の仕度をせよ。そろりと、咲も出稽古から帰ってこよう」

一徹は踵《きびす》を返し、奥の部屋へ引っこんでいく。

その背中がいつもより、ずいぶん小さくみえた。

一子相伝の奥義を教えてもらったにもかかわらず、喜びはなく、誇らしさも感じず、悲しい気持ちしかない。

咲は一徹に力量を見切られ、奥義を教わる機会を逸した。

そのことが悲しいのであろうか。

自分でもよくわからない。

咲を娶《めと》って道場を継げば、すべて解決するというのか。

だとすれば、戻ってきたのがまちがいであったとすらおもう。

道場から庭へ出ると、ふわふわと風花が舞っていた。

椿《つばき》の赤がいっそう際だってみえる。
「名残《なごり》の雪か」
今時分に降る牡丹雪は、午後には跡形もなく解けてしまう。
雪が解ければ彼岸となり、日増しに暖かさは増していく。
暦は替わらずとも、季節は確実に移っていくのだ。
咲はまだ帰ってこない。
顔をみれば、愛《いと》おしくなるだろう。
だが、好いているのと夫婦になるのとでは、天地ほどのちがいがある。
一徹から期待されるのは、呪縛《じゅばく》以外の何ものでもなかった。
何事も成さず、何者でもない。
それこそが自分の望むすがたかもしれぬと、慎十郎はおもいはじめていた。

五

五日後、慎十郎は預けていた藤四郎吉光を取りに、鍛冶橋近くの『松葉屋』までやってきた。

佐平という番頭を探していると、同じように小狡《こずる》そうな狐顔《きつね》の男が近づいてくる。

「お武家さま、御用を承ります」

「ふむ、五日前に預けた刀を取りにまいった」

「ご無礼ながら、ご姓名を」

「毬谷慎十郎だ」

「毬谷さま、少しお待ちを」

しばらくして、男が刀を携えてくる。

一見して、拵《こしら》えも柄も別物だとわかった。

「それはちがう。わしの刀ではない」

「えっ」

「預けたのは黒鞘だ。本身は藤四郎吉光、佐平という番頭に銘も確かめさせたはずだがな」

「佐平にございますか。さような番頭は、松葉屋におりませぬが。手前が番頭の嘉平《かへい》にございます」

「佐平でも嘉平でもかまわぬが、研ぎ終えた刀を返してもらえぬか」

「お客さまの御刀はこちらにございます」

「何かのまちがいであろう。今一度、調べてみてくれ」

「へえ」

嘉平は不審げな顔をしながら、奥へ引っこんでしまう。

そして、何故か、強面《こわもて》の浪人を三人ばかり連れてきた。

嘉平が強気に出てくる。

「お客さま、やはり、こちらのまちがいではないようで。お客さまのほうが何か勘違いされておられるのでは」

「銀五匁は前渡しで払ってあったな」

「それは帳面で確かめさせていただきました」

「ならば、あとは刀を受けとるだけでよいのだな」

「せやから、これがおまはんの刀や言うとるやないけ」

突如、嘉平は上方訛《なま》りで語気を強め、袖捲《そでまく》りまでして居直ってみせる。

後ろの浪人どもが殺気を帯びたので、慎十郎は目だけで制してやった。

ほかの客は驚き、敷居の向こうへ逃げていく。

嘉平が言った。

「商売の邪魔や。この刀を持って消えてもらえへんか」

荒っぽい台詞と態度が引鉄《ひきがね》になった。

慎十郎の繰りだした右拳《みぎこぶし》が、嘉平の顔面に叩きこまれる。

「ぶひぇっ」

鼻の骨が折れる音がした。

浪人どもが刀を抜き、有無を言わさずに斬りつけてくる。

慎十郎も腰の刀を抜いた。

初太刀を受けた途端、白刃がぐにゃりと曲がる。

「さすが、鈍刀だけあるわい」

吐きすてるや、相手の腹に当て身を食らわした。

流れるような動きで刃《やいば》を躱《かわ》し、ふたり目は首筋に手刀を叩きこむ。

三人目は足を摑んで引きずりたおし、左胸を狙って踵を落としてやった。

「ぐふっ」

三人とも、ぴくりとも動かなくなる。

嘉平は大量の鼻血を滴らせ、這《は》って逃げようとした。

後ろから襟を摑んで引きよせ、鼻先へ顔を近づける。

「ひぇっ」

「一度しか聞かぬ。何故、嘘《うそ》を吐《つ》いたのだ」

「……か、堪忍や」

「謝らずともよい。嘘を吐いた理由を言え」

「……と、当家の主人が……ゆ、由緒を調べました……す、すると、御下賜の藤四郎吉光とわかり」

「言いがかりをつけて、盗もうとしたわけだな」

「……い、いえ、これは何かのまちがいで」

「おぬしでは、はなしにならぬ。主人はどうした」

「奥におります」

「そうか。ならば、挨拶しておくか」

「お待ちを」

慎十郎は縋りつく嘉平を足蹴《あしげ》にし、草履《ぞうり》のままで廊下《ろうか》をわたった。

突きあたりを曲がり、中庭のみえる居間らしきところへ向かい、前触れもなしに襖障子を開ける。

床の間を背にして、でっぷり肥えた商人が酒を呑んでいた。

かたわらに侍《はべ》らせているのは、化粧の濃い遊び女だ。

「ほう、ここまで来なすったか」

驚きもせず、恐れもせず、商人は悠然とうそぶいてみせる。

眉間には白毫《びゃくごう》のごとき黒子《ほくろ》があった。

「主人の松葉屋か」

「へえ、亀助《かめすけ》と申します。旦那の御刀なら、そちらへ」

顎をしゃくるさきは床の間で、刀掛けに見慣れた拵えの刀が掛けてある。

「本身を拝見いたしました。一見しただけで大業物《おおわざもの》とわかる逸品、茎《なかご》の銘から遡《さかのぼ》っていろいろと調べさせていただきました」

「それで」

「できれば、手に入れたいお品だとおもう以上に、所有なさるお方のお顔を拝見したくなりましてね」

「ずいぶん雑な歓迎だな」

「まあ、そう仰らずに。毬谷さまがいかにお強いかは、誰よりもわかっておるつもりにござります。かつては江戸じゅうの剣術道場を荒らしまわり、数ある剣豪たちを打ちのめしてみせたとか。じつは、毬谷さまをよく知る瓦版屋《かわらばん》がおりましてな、数々の武勇伝を聞いて驚きました。このようなおひとが江戸におられようとは、まったくおもってもみなかった次第で。ささ、こちらへ。一献いかがにございましょう」

躊躇《ためら》っていると、松葉屋はすぐにそれを察した。

「おなごが邪魔でございますか」

しっ、しっとやると、女は乱れた襟を直し、つまらなそうな顔で出ていってしまう。

「ささ、こちらへ。お注《つ》ぎいたしましょう」

座った途端に注がれ、注がれた酒をひょいと呷《あお》る。

ほどよく冷めた酒は、下り物の諸白《もろはく》にちがいない。

「どうぞ、よろしければ御刀を手に取って、お確かめください」

言われたとおり、刀掛けから刀を取り、すっと鞘から抜いてみせる。

きらりと閃《ひらめ》く光芒《こうぼう》に眸子を細め、慎十郎は嘗《な》めるように刀身《とうしん》を眺めた。

「ほほう」

「いかがにござりましょう」

「研ぎの技倆は一流のようだな」

「お褒めに与《あずか》り、ありがとう存じます。お詫《わ》びの証しと言っては何ですが、研ぎ賃をお返しいたします。これを」

すっと畳を滑らせてきたのは、表に「小判五十両」と書かれた包金《つつみきん》だった。

「払ったのは銀五匁、両替もままならぬ包金を寄こされても困るな」

「包金を差しだされて顔色ひとつお変えにならぬとは、お見掛け同様、胆のほうも太いお方とお見受けいたしました。どうか、お納めくださいまし。松葉屋亀助のほんの気持ちにございます」

「ほんの気持ちが五十両か。ふん、よほどあくどく稼いでおるものとみえる。その五十両で、わしに何をやらせたい」

「さすが、お察しのよろしいことで。じつは、ひとをひとり、斬っていただきたいのでございます」

さらりと言ってのけるので、慎十郎はかえって興味を惹《ひ》かれた。

ここはひとつ受けたふりをしてみようかと、悪戯心《いたずらごころ》が浮かんでしまう。

「その者には積年の恨みがござりましてな、生かしておくわけにはいかぬのです。されど、なかなか隙《すき》をみせぬうえに腕も立つ男ゆえ、手前どもにはちと荷が重い。やっていただける凄腕《すごうで》の先生を、じつは探しあぐねていたところ、天の助けか、毬谷さまがおみえになったという次第で……」

松葉屋は口を噤《つぐ》み、こちらの顔を探るように窺《うかが》う。

慎十郎は倦《う》んだ表情を浮かべつつも、耳をかたむける態度だけはみせた。

「……されば、斬っていただきたい者の名を申しあげましょう。それは、間宮林蔵にございます」

気づかれぬように、ごくっと唾《つば》を呑む。

「ちと知られた男ですが、ご存じでしょうか」

「いいや、知らぬ」

「元隠密にございます。卑劣きわまりない男で、自分の出世や欲のためなら、平気で他人を罠《わな》に陥れます。毬谷さま、お願いいたします。間宮林蔵に正義の鉄槌をお下しくださいまし」

諾《だく》とも否《いな》とも告げず、黙って包金を懐中に入れる。

もちろん、松葉屋は諾と受けとったにちがいない。

「それでは、明後日の六つ、店にお越しください。お約束ですぞ」

強く念押しされれば、わかったと応じるしかない。

どっちにしろ、誰かが殺しを請けおうことになるのだろう。

ここで請けおったふりをせねば、凶行を阻む機会も逸してしまう。

不可思議な因縁におもいを巡らせつつ、慎十郎はしたたかに算盤《そろばん》を弾《はじ》いていた。

六

二日後の夕暮れ、慎十郎は約束を守って『松葉屋』へやってきた。

刺客を請けおったことは一昨日《おととい》の晩、間宮に会って直に伝えた。

深川の蛤《はまぐり》町に住んでいると友之進に聞いたが、そこにはおらず、櫓下《やぐらした》と呼ばれているる永代《えいたい》寺門前《もんぜん》町の岡場所で馴染みの女郎と楽しんでいた。

おりくという薹《とう》の立った女郎とも会い、おりくの酌で酒も呑んだ。

間宮は少し酔っていたが、おりくを身請けして身を固めるつもりだと言った。

そんなことよりも、慎十郎には聞いておかねばならぬことがあった。

何故、命を狙われているのか。

松葉屋亀助とは何者なのか。

そして、何故、自分を『松葉屋』へ行かせようとしたのか。

間宮はひとつ目とふたつ目の問いにはこたえず、三つ目の問いにだけこたえた。

「味方になるかどうか、おぬしをためしたのだ。隠密暮らしが長くなると、誰も信用できなくなる。ことに、藩の連中なんぞは信じられぬ。藩の都合とやらで、平気で裏切るからな。赤松豪右衛門や石動友之進とて、信じきっているわけではない。おぬしについてもそうだが、おぬしは藩を出た風来坊《ふうらいぼう》だ。同じ匂《にお》いを感じたゆえ、ためさせてもらった」

刺客を差しむけられるのがわかっていたかのように、間宮は落ち着きはらっていた。

「確証を摑んだら、そのときにすべてはなす」

そのように約束も取ったので、後ろ髪を引かれつつも、女郎屋を去ったのだ。

ともあれ、警戒してくれていればよいが、いざというときは身を挺《てい》してでも暗殺を阻まねばなるまい。

鍛冶橋の『松葉屋』に主人の亀助はおらず、案内役は鼻の潰《つぶ》れた番頭の嘉平だった。

やたらに腰が低く、ぺこぺこしながら先導しはじめたが、行き先は告げない。

ほかに、みたことのない浪人が三人従《つ》いてきた。

先日の連中よりも、格段に遣えそうな印象だ。

監視役のつもりかと、慎十郎は邪推した。

おたがいに名乗りもせず、余計な口もきかない。

永代橋を渡ってたどりついたさきは、油堀西横川《あぶらぼりにしよこかわ》を越えた深川蛤町のそばであった。

松村《まつむら》河岸とのあいだに渡された坂田《さかた》橋のたもとに潜み、どうやら、獲物を待つ算段のようだ。

あたりはすっかり暗くなり、人影も見当たらない。

橋向こうに、蕎麦《そば》屋台の湯気がみえた。

「腹あ空《す》いたな」

嘉平は吐きすて、ちんと手洟《てばな》をかむ。

浪人のひとりが口を開いた。

「蛤町に家があると申したな。獲物が橋を渡ってくるのは何刻《なんどき》だ」

「ふん、それがわかれば苦労はせえへん」

「何だと」

「おっと、お怒りなさるな。待つのも手間賃のうち。それにしても、川のそばは冷えるわい」

口振りや態度から推しても、商人ではあるまい。破落戸《ごろつき》のたぐいであろう。

「相手はひとりか」

さきほどとは別の浪人が問いかけた。

嘉平はこっくりうなずく。

「相手はひとり、こっちは五人。失敗《しくじ》るはずがあらへんわ」

「ちょっと待て。おぬしを除けば、こっちは四人だ」

「いえいえ、もうひとりおりまんのや」

「何だと」

慎十郎も、ぴくっと片眉を吊《つ》りあげた。

「おっとまずい、余計なことを喋ってもうた。ほんでも、心配せんでええ。そのお方ってのがめっぽう強い。文字どおり、折紙付きや」

「いったい、何処《どこ》におる」

「さあて、そこいらへんに身を潜めておんのやろ」

会話は途切れた。

わずかに、焦りが生じている。

また、別のひとりが言った。

「まことに、坂田橋を渡ってくるのであろうな」

「それはもう、何べんも確かめておりますさかい」

「橋向こうに行かずともよいか。挟み撃ちにしたほうが得策であろう」

「それもそうや。ほんなら、あんたと誰かもうひとり」

「わしが行こう」

慎十郎が手を挙げると、嘉平はうなずいてみせる。

立ちあがった浪人は、百舌鳥《もず》のように口を尖《とが》らせた男だ。

「参るぞ」

百舌鳥に急《せ》きたてられ、慎十郎は橋のうえに身を晒《さら》す。

刹那《せつな》、背中にぞくっと寒気が走った。

いる。

五人目の刺客だ。

影はみえず、殺気を帯びた気配だけが漂ってくる。

「おい、ぐずぐずするな」

百舌鳥の背につづき、橋のなかほどへ達した。

すると、背後から叫び声が聞こえてきた。

「こっちだ」

嘉平である。

「くそっ」

百舌鳥が踵を返そうとした。

素早く近づき、当て身をくれる。

「うっ」
振りむくや、慎十郎は駆けだした。
――きぃん。
金音も響いてくる。
橋を戻ったさきで、間宮らしき男が三人に囲まれていた。
「いやっ」
気合いがほとばしる。
――ばさっ。
刃音とともに、浪人のひとりが斃《たお》れた。
が、つぎの瞬間、間宮も斬られる。
斬った相手は、見知らぬ男だ。
「ひゃはは、さすが平岩《ひらいわ》先生や」
橋の下で、嘉平が興奮気味にはしゃいでいる。
そこへ、慎十郎が躍りこんでいった。
振りむいた浪人に当て身を食らわせ、嘉平が「平岩先生」と呼んだ相手と対峙する。
上背はないが、横幅はあった。

眉の太い、ぎょろ目の男だ。

「おぬし、裏切るのか」

糺《ただ》されてこたえるかわりに、懐中から取りだした包金を抛《ほう》ってやる。

「ほれよ」

平岩は包金を片手で受け、袖の下にするりと仕舞った。

「ふふ、五十両を捨てるとはな、変わった男だ」

慎十郎は腰を落とし、愛刀を抜きはなつ。

刃が鈍い光を放ち、平岩は眩《まぶ》しげな顔になった。

「なるほど、それが御下賜の藤四郎吉光か。亀助が言うておったぞ、ひとの血をたっぷり吸うておるらしいな」

刀を青眼に構え、じりっと爪先で躙《にじ》りよってくる。

「されど、わしには敵《かな》うまい」

切っ先を鶺鴒《せきれい》の尾のごとく揺らし、平岩は滑るように迫ってきた。

「ちょえ……っ」

奇抜な気合いとともに、凄《すさ》まじい打ちこみがくる。

どうにか弾いた瞬間、両手に激しい痺《しび》れを感じた。

まちがいなく、北辰一刀流の遣い手である。
しかも、免許皆伝にまちがいない。
平岩は身を離し、二刀目をなかなか仕掛けてこない。
慎十郎と一合交え、容易ならざる相手と判断したのだろう。
ふたりは五間の間合いを隔てつつ、微動もせずに睨みあった。
やがて、おたがいの気が満ちたと感じたとき、後ろから誰かの跫音が聞こえてきた。
「間宮どの、間宮どの」
友之進の声だ。
平岩は後退《あとずさ》りし、ふいに踵を返す。
嘉平も急いで背につづき、ふたりは闇に消えた。
慎十郎は納刀し、間宮のそばに身を寄せた。
どうやら、袈裟懸けに斬られたらしい。
左肩に受けた傷は、かなり深い。
友之進が息を切らしてやってきた。
「すまぬ、遅れた。殿のお供でな」
「間宮どのが斬られた」

「傷は」

「深いが、助かりそうだ」

「さようか」

友之進は、ほっと安堵《あんど》の息を吐く。

間宮が薄目を開いた。

「……わ、わしにかまうな……て、敵の本命は……わ、脇坂さま」

「何だと」

「……お、奥医師が……く、薬を」

間宮はそこまで喋り、気を失ってしまう。

慎十郎が振りむいた。

「友之進、殿は何処《いずこ》」

「芝露月町《ろげつ》の妾宅《しょうたく》だ。わしがこの目で見届けたゆえ、まちがいない」

「妾宅ならば知っておる。間宮どのを頼む」

「待て、わしが行く」

友之進のことばを遮り、慎十郎は裾《すそ》を捲《まく》って駆けだした。

七

不吉な予感を振りはらい、足が縺《もつ》れるほどの勢いで駆けつづけた。

芝露月町の妾宅はごく少数の側近しか知らぬが、慎十郎は赤松豪右衛門に命じられて行ったことがある。

足を向けた理由は忘れたが、政野《まさの》という妾の秘密についてはおぼえていた。堂々と側室にもできず、わざわざ日陰に置いて秘密にしておくのには、表沙汰《おもてざた》にできぬ事情があるからだ。

「おぬしに告げても外に漏れる心配はなかろう。政野どのはな、出石藩仙石家の筆頭家老であった仙石左京《さきょう》の娘なのじゃ」

豪右衛門は声をひそめたが、そのときは何を言われているのかよくわからなかった。

但馬国出石藩の御家騒動が発覚したのは、今から五年余り前のことだ。発端は筆頭家老の仙石左京家と勝手方頭取家老の仙石造酒《みき》家という一門同士の醜《みにく》い権力争いで、当時幕府の老中首座であった松平康任が左京から一万両近くの賄賂《わいろ》を貰った見返りに、姪《めい》を左京の長男に嫁がせたあたりからはなしは大きくなった。

一時は左京派に軍配《ぐんばい》があがったかにみえたものの、将軍家斉直々に指名された寺社奉行の脇坂安董が公平かつ詳細な調べをおこない、左京派の非道を暴いてみせた。

騒動の原因をつくった仙石左京は獄門になり、その首は鈴ヶ森の刑場に晒されたという。藩主久利《ひさとし》に咎《とが》めはなかったものの、出石藩は知行を五万八千石から三万石に減封された。一方、騒動に深く関わった松平康任は、みずからの領する浜田藩の密貿易が発覚したこともあり、幕閣の頂点から高転びに転げおちることになった。

「仙石左京の長子であった小太郎《こたろう》は八丈島《はちじょうじま》へ流罪《るざい》となり、途中で寄港した三宅島《みやけじま》で病死した。所持品はすべて盗まれ、汚れた褌《ふんどし》一枚しか残っておらなんだとか」

豪右衛門は暗い顔でこぼし、眉をひそめた。

「政野どのは小太郎の妹御じゃ。品川宿で春をひさぐ白湯文字《しろゆもじ》になっておるのを人伝に聞き、殿はえらく嘆かれてな、仕方なくわしが政野どのを探しだして身請けした。そこからの関わりじゃ。殿はお優しいお方ゆえ、政野どのを放《ほう》っておけなかった。わしがいくら自重を促しても、お聞きになられなんだ。何せ、みずから裁いた罪人の娘じゃからな、目付筋にばれたらたいへんなことになる。そのように諭しても、殿は頑としてお聞きにならず、政野どのを妾《めかけ》にしてしまわれた」

皮肉なはなしだ。仙石騒動を裁いた功績により、安董は西ノ丸の老中格となり、将軍世子《せいし》家祥《いえさち》の後見役にまで抜擢された。

「ひとの不幸を裁いて出世したことへの罪滅ぼしだと、殿は仰せになった。なるほど、政野どのには何ひとつ落ち度はない。落ち度があったとすれば、仙石左京の娘に生まれたという一点に尽きよう。さように説かれたら、わしとて強意見《こわいけん》できぬ。おぬしに愚痴をこぼしても、詮無《せんな》いはなしじゃがな」

安董に毒を盛るとすれば、政野なのではあるまいか。

慎十郎は必死に駆けながら、そんなことをおもった。

「いや、あり得ぬ」

やろうとおもえば、何度でも機会はあったはずだ。

それに、まだ安董が毒を盛られたとはかぎらない。

間宮の見立てがまちがいであってほしいと、慎十郎は念じた。

東の空には下弦《かげん》の月が煌《きら》めいている。

もはや、真夜中であった。

芝露月町の往来は閑寂とし、山狗《やまいぬ》の遠吠えすら聞こえてこない。

妾宅は黒塀に囲われた仕舞屋《しもたや》風の屋敷である。

とても老中の別宅とはおもえぬが、安董が足繁《あししげ》く通っているのはまちがいのないところだった。
心ノ臓が早鐘《はやがね》を打ちはじめる。
慎十郎は戸口に手を掛けた。
開かない。
心張棒《しんばりぼう》をかってある。
当然だとおもい、戸を敲いた。
乱暴に敲いても、反応はない。
仕方なく、足でおもいきり蹴りつける。
木っ端ともども躍りこみ、叫んでみた。
「御免、どなたかおられぬか」
人の気配がしたので、草履を脱いで廊下にあがる。
間口は狭いが、奥行きは広い。
早足に廊下を進むと、曲がったさきの片隅で誰かが膝《ひざ》を抱えている。
お付きの小姓であった。
「おい」
声を掛けると、小姓は驚いた顔を向けた。

「どうした、何があった」

「……と、殿が」

小姓は震えながら、寝所のほうを指差す。

なかば開いた襖障子を開けると、仰向けに転がった政野のすがたが目に飛びこんできた。

苦悶《くもん》の表情を浮かべ、自分の手で首を絞めるようにして死んでいる。

「烏頭《うず》毒か」

すぐにわかった。

鳥兜《とりかぶと》の塊根から採取した烏頭は、ほんの数粒の粉を呑んだだけでも死にいたる。

「殿、殿」

慎十郎は叫び、寝所の奥へ駆けこんだ。

安董は褥《しとね》のうえに横たわり、静かな顔で眠っている。

ほっと溜息を吐いたのは、ほんとうに眠っているとおもったからだ。

が、そうではなかった。

息をしていない。

恐る恐る近づき、震える手を翳《かざ》して額に触れた。

氷のように冷たい。

「……と、殿」

慎十郎は激しく動揺し、安董の両肩を鷲摑《わしづか》みにした。

「起きてくれ。殿、目を開けてくれ」

いくら肩を揺すっても、安董は目を開けない。

藁《わら》人形のように揺すられているだけだ。

慎十郎はどしんと尻餅《しりもち》をつき、惚《ほう》けたように天井をみつめた。

悲しすぎて、涙も出てこない。

生まれてこの方、味わったことのない感覚だ。

脇坂中務大輔安董は幕閣の重鎮であり、五万一千石の一藩を統べる大名である。

だが、慎十郎にとっては肉親のように近しい殿さまだった。

おそらく、誰よりも自分のことを見抜いていた。心の底からおもしろがり、好き放題にさせてくれたのだ。

失ってみると、よくわかる。

安董は心の拠り所にほかならなかった。

それほどだいじな人物が毒を盛られ、呆気《あっけ》なく逝ってしまったのである。

烏頭毒は激しい痺れをもたらし、口にした者は七転八倒しながら死んでいく。

廻国修行の途中、陸奥の山小屋で一夜を過ごしたとき、山小屋の主人が山菜の二輪草に混じっていた烏兜の若葉を食べて亡くなった。そのときの光景をおもいだすと、身震いを禁じ得ない。

安董もきっと、苦しんだにちがいない。

亡くなったあと、政野が顔を上手に直し、褥に横たえてくれたのだ。

そして、政野もあとを追うべく、みずから同じ毒を呷《あお》ったのであろう。

「不憫《ふびん》な」

安董は心ノ臓を患《わずら》っていた。

おそらく、食後に服する薬のなかに、烏頭が混入されていたのだ。

やがて、玄関が騒がしくなってきた。

「殿、殿」

友之進の先導で、赤松豪右衛門ら側近たちが雪崩《なだ》れこんでくる。

慎十郎はみじろぎもせず、褥のそばで胡座を掻いていた。

「殿、いかがなされた」

豪右衛門には、もうわかっている。

泣きながら声を震わせ、褥のそばへやってきた。

慎十郎をみつけるや、鬼のような顔を近づけてくる。

「ここで何をしておる。何でおぬしが、ここにおるのじゃ」

ばしっと、平手で頬《ほお》を叩かれた。

「こたえよ。こたえぬか」

何発頬を叩かれても、慎十郎は石地蔵のように黙りつづけるしかない。

豪右衛門は疲れはて、へなへなと座りこんだ。

そして、しんみりとした口調で語りだす。

「殿はおぬしに、よう言われておったのう。『あっぱれ』と。凜《りん》としたおことばを、今一度お聞きしたい。今のわしの願いは、それだけじゃ」

一筋の涙が、慎十郎の頬を伝って流れた。

我慢していた感情が、堰《せき》をきったように溢《あふ》れだしてくる。

「ぬわああ」

屋敷が倒壊しかねぬほどの声を張りあげ、慎十郎は童子《どうじ》のように号泣しはじめた。

八

二日後、間宮林蔵は赤松豪右衛門の屋敷内で意識を取りもどした。

慎十郎は隣部屋で一睡もせずに待ちつづけていたので、誰よりもさきに気づき、看病についた用人に豪右衛門と友之進を呼びにいかせた。

すぐに、ふたりはやってきた。

間宮は安董の死を知り、ひどく落胆するとともに、もっと注意深くしておれば止められたかもしれぬのにと、嘆いてみせた。

「おぬしには問いたいことが山ほどある」

豪右衛門は言った。

大御所家斉の死が毒殺であり、関わったとおぼしき小姓と侍医が自刃を遂げたことには触れた。ふたりを死にいたらしめた黒幕について、間宮はある程度の確証を摑んでいた。

「小姓も侍医も金に困っておりました。とある御大名屋敷に出入りする御用商人から多額の報酬を約束され、越えてはならぬ一線を越えたのです。されど、ふたりとも、自刃にみせかけて口を封じられました」

口を封じたのは、金で雇われた浪人だった。

その浪人を探しあて、間宮は事の一部始終を聞きだしたのだという。

どうやって聞きだしたかについては、ことばを濁した。

おおかた、縛りあげて責め苦を与えたのだろう。

浪人がどうなったのかもわからない。

知りたいことを知るためなら、いくらでも非情になる。そうでなければ、隠密などつとまるまい。

「肝心なのは浪人を雇った御用商人の素姓と、御用商人に指示を与えた黒幕の正体にござる」

間宮はまず、黒幕の正体について、意外な人物の名を口にした。

「関肥後守忠清《せきひごのかみただきよ》さまにござります」

伊勢国《いせのくに》の小藩を治める大名だが、如才なく立ちまわって運も味方につけ、大御所家斉からすこぶる気に入られ、若年寄にまで出世を遂げた。

誰よりも家斉に恩があるはずの人物が、毒殺を企てた黒幕だというのである。

「信じられぬ」

豪右衛門が吐きすてたのもわかる。
間宮の報告を聞くまで、水野越前守の関与を疑っていたのだ。
報告を信じれば、安董に暗殺の遺言まで託した家斉の臆測《おくそく》は的外れであったという
しかなかろう。
「百歩譲って、肥後守さまが毒殺を企てたとする。されど、理由は何じゃ」
豪右衛門の問いに、間宮は淀《よど》みなくこたえた。
「それは、今をときめく越前守さまに取り入るためにござりましょう。邪魔な障壁《しょうへき》と
して立ちはだかる大御所さまを取りのぞけば、少なくとも幕閣におけるみずからの地
位は安泰となる。あわよくば老中の座も夢ではないとおもいこみ、暴挙におよんだの
ではないでしょうか」
「浅はかな」
「肥後守さまを焚《た》きつける者があったと、それがしは考えております。じつは、その
者こそが、素姓の曖昧《あいまい》だった御用商人なのでござります」
御用商人は「大黒屋《だいこくや》庄兵衛《しょうべえ》」と名乗っていたらしい。
何処《どこ》にもありそうな屋号だが、その素姓は驚くべきものだった。
「会津屋八右衛門という名に、お聞きおぼえはござりませぬか」

豪右衛門も友之進も首を捻《ひね》った。

慎十郎にぴんとくるはずはない。

が、すぐさま、豪右衛門は膝を叩いた。

「もしや、浜田藩に仕えておった御用商人のことか」

「ご名答にござります」

間宮は傷が疼《うず》くのか、顔を歪《ゆが》めてみせる。

「浜田藩の密貿易を主導した廻船《かいせん》問屋にござります」

「されど、会津屋は鈴ヶ森で斬首《ざんしゅ》されたはずだぞ」

「そちらは、顔のよく似た実弟の首にござりました。本人はまんまと逃げおおせ、秘《ひそ》かに名を変えて復讐《ふくしゅう》の機会を虎視《こし》眈々《たんたん》と狙っていたのでござります」

「復讐の機会じゃと」

「はい。会津屋には藩を救ってやったのだという自負がござりました。たしかに、会津屋は李氏朝鮮のみならず、ジャワやスマトラなどにも出向き、密貿易で藩に巨万の富をもたらした」

浜田藩は年貢を増やしたり、藩士の俸禄《ほうろく》を減らしたりすることもなく、台所を潤すことができるようになった。何せ、藩主の松平康任は幕政を取りしきる老中首座である。江戸で辣腕《らつわん》を振るうにしても、何かと費用がかかる。それゆえ、労せずして金を稼ぐことができれば、康任にとっても好都合なはなしだったにちがいない。

「幕閣の頂点にある御老中から御墨付きを貰い、国家老をはじめとする藩の重臣たちにも尻を叩かれた。それなのに、何故、自分が斬罪にされねばならぬのかと、会津屋はおもったのでござりましょう」

「ふうむ、都合のよい理屈じゃな」

腕組みをする豪右衛門のほうへ、間宮がゆっくりと向きなおる。

「ご存じのとおり、当主が仙石家の御家騒動に加担したことと密貿易の発覚により、松井松平家は陸奥の棚倉へ移封となりました。代わりに浜田藩へ移封となったのは上野館林《こうずけたてばやし》藩を治めていた越智《おち》松平家、初代斉厚《なりあつ》公が養嗣子とした斉良《なりよし》公は大御所さまの二十番目にあたる男の子であられます」

越智松平家は移封によって、一万石の加増となった。実子に土壌豊かな石州浜田を治めさせようとしたのは家斉の策謀によるものとして、当時、棚倉へ移った松井松平家の家臣たちは公然と不満をぶちまけたという。

間宮は口には出さぬが、会津屋や棚倉へ移った家臣たちは大御所家斉への恨みを募らせていたと言いたげだった。

「密貿易を探索したそれがしは無論のこと、この一件を裁いた脇坂中務大輔さまにも、きやつらは恨みを抱いたのだとおもわれます」

「逆恨みではないか。殿は公正な裁きを下されたのだぞ」

「存じております。されど、自分たちの屍《しかばね》を踏台にして出世を遂げたのだと、ひねくれた連中がおもったとしても不思議ではありませぬ」

「ふうむ」

根は深いと、誰もがおもった。

間宮の言うとおり、家斉の死と安董の死は繋がっていたのかもしれない。

「それがしは襲われたあの晩、蛎殻町《かきがらちょう》にある関肥後守の御上屋敷を張りこんでおりました。思惑どおり、会津屋のすがたをみかけたので、尾《つ》いていったところ、おもいがけぬ人物と深川の茶屋で会っているのをみつけたのです」

その人物というのが、いくつもの大名家に出入りする元奥医師の楠本象桂《くすもとしょうけい》であったという。

豪右衛門が唾を飛ばした。

「楠本象桂どのなら存じておる。殿のお薬も何度か処方してもらった」

「御家老の仰るとおり、わたくしも何度か御屋敷で見掛けておりました。それゆえ、そのことを何とかお伝えしようと」

　象柱が安董に毒を盛るかもしれぬと察したので、坂田橋のそばで斬られたときに奥医師のことを口走ったのだという。

　間宮の懸念は的中し、安董は還《かえ》らぬ人となった。

「友之進、今すぐ象柱の身柄を押さえよ」

　豪右衛門に命じられ、友之進は部屋を飛びだしていった。

　慎十郎は間宮にたいし、念押しするように糺す。

「大黒屋庄兵衛と名乗る商人、まことに会津屋八右衛門なのか」

「まちがいない。わしは会津屋八右衛門の風体を何度もみておった。以前よりは肥えておったが、顔つきは変わらぬ。何と言っても、眉間の黒子が決め手となった」

「眉間の黒子」

「さよう、会津屋の眉間には白毫のごとき黒子がある」

「げっ、もしや、松葉屋亀助のことではないのか」

「そうじゃ。されど、肥えすぎておったゆえ、今ひとつ確信が持てなんだ」

「それで、わしを使ったのか」

「すまぬ。これも隠密のやり方でな」

素直に謝られ、怒る気も失《う》せてしまう。

間宮はつづけた。

「それがしを斬った北辰一刀流の手練《てだれ》、あの者はおそらく、鈴ケ森で斬首された元浜田藩勘定奉行の宇野監物に仕えていた用人頭だ」

「平岩と呼ばれておったぞ」

「姓名は平岩志津馬《しづま》、浜田藩随一と評された剣客さ」

さすがに、藩ぐるみの密貿易を暴いただけのことはある。

間宮は勘定奉行がどのような用人を抱えていたかまで調べあげていた。

「今から鍛冶橋へ向かっても、おそらく、研ぎ屋には会えまい。敵もこちらの動きに勘づき、店をたたんでおろう。また一から探さねばならぬが、きやつらはまだ目途を遂げておらぬことになる。わしがこうして、生きておるかぎりはな」

たしかに、間宮が生きていることを知れば、敵は是が非でも命を獲《と》ろうとするであろう。

だが、指をくわえて、待っているわけにはいかない。

草の根を分けてでも会津屋を探しあて、安董の仇《かたき》を討ってやる。

慎十郎が両方の拳を固めると、豪右衛門も怒りで声を震わせた。

「そやつらの首に賞金を懸けてでも、探しだして成敗せねばならぬ。慎十郎、おぬし、やってくれるな」

「はっ」

忘れてはならぬのが、関肥後守のことだ。

保身のために大御所家斉の命を奪わせた罪は重い。

「御家老、どうなさる」

慎十郎は恫喝《どうかつ》するような眼差《まなざ》しを向けた。

「言うまでもなかろう。それが殿のご遺志ならば、相手が若年寄であろうと何であろうと、きっちり始末をつけねばならぬ」

毅然《きぜん》と応じる豪右衛門にゆるぎはない。

慎十郎は満足げにうなずいた。

九

庭の椿は散り、市中には彼岸桜や辛夷《こぶし》が咲き、隅田川《すみだ》では木流しの風景も見受けられるようになった。

安董に毒入りの薬を処方したとおぼしき元奥医師は何者かに殺《あや》められていた。口封じであろう。

間宮が言ったとおり、鍛冶橋そばの『松葉屋』は夜逃げでもしたかのように痕跡《こんせき》もなくなり、慎十郎たちは敵の影を探しあぐねている。

龍野藩では、安董の葬儀や新たな当主を迎える仕度が慌ただしく進められていた。

幕閣においても、空席となった老中に誰がふさわしいのかでお歴々の意見が割れているらしい。いずれにしても、信望の厚い老中の死は内外に波紋をもたらし、赤松豪右衛門や石動友之進はそちらの対応に追われていた。

間宮の傷はそう簡単には癒《い》えず、赤松邸の片隅で療養をつづけている。

慎十郎は当《あ》て所《ど》も無く歩き、すでに何度か訪れている鍛冶橋のそばまでやってきた。

研ぎ屋の『松葉屋』があった店は呉服屋に代わっており、往来を行き来するのも侍ではなく、武家や商家の女たちになった。

未練がましく足を運んだのを悔い、店に背を向けたところへ、辻角《つじかど》から鼻の潰れた男が近づいてきた。

「旦那、毬谷の旦那」

嘉平である。

「奇遇でおまんな」

網を張っていたにちがいない。

それと察しつつも、慎十郎は気のないふりをしてみせた。

「あれほど繁盛しておったに、松葉屋は店をたたんだのか」

「仕方あらへん、おまはんのせいや。おまはんのせいで、間宮林蔵を討ちもらしたんやからな」

「わしのせいか」

「そうや。おまはん、間宮の仲間なんやろう。亀助の旦《だん》さんは、隠密や言うておられたわ。しかも、おまはんは強い。平岩先生とわたりあうほどやからな、悠長に店なんぞ構えておったら、いつ襲われるかわからへん。せやから、店をたたんだのや。ふん、せっかく儲《もう》かっておったのに。わてかて、ほんま迷惑やわ」

「どうして、おぬしが迷惑なのだ」

「置いてけぼりを食ったのや。要は、亀助の旦さんに捨てられたっちゅうことや」

「ふうん。それなら、おぬしに用はない」

「へへ、待ちいな」

袖を摑まれそうになり、慎十郎は睨みつける。

「おっと、そないな恐ろしい顔をせんでほしいな。小遣いをくれたら、亀助たちの居場所を教えたってもええで」

「なるほど、そういうことか。いくら欲しい」

「五十両」

「ずいぶん吹っかけるな」

「隠密なら、そのくらい出せるやろう。何せ、顔色ひとつ変えずに、包金を抛ってまうおひとやからな」

「わかった。されど、今は持ちあわせておらぬ」

「そらそうやろ。増上寺《ぞうじょうじ》の柵門《やらい》に、暮れ六つや」

「柵門に行けば、亀助に会えるのか」

「ああ、たぶんな。五十両、忘れるんやないで」

夕暮れになるまで、一刻の猶予はある。

慎十郎はその場を離れ、大根河岸のほうへ向かった。

五十両を用意するなら急いで藩邸へ向かい、家老の赤松に事情をはなしてお願いするしかない。そうする必要がないと判断したのは、増上寺への誘いが敵の仕掛けた罠《わな》にちがいないと察したからだ。

京橋川沿いを歩き、一膳《いちぜん》飯屋の縄暖簾《なわのれん》を振りわける。
何者かに尾けられているのは気づいていた。
見世《みせ》の奥で安酒を呑みはじめると、怪しい風体の浪人がふたりはいってくる。
気にせずに五合ほど空け、銭を置いて外へ出て、ほろ酔い加減で京橋へ向かった。
あとは東海道をのんびり歩き、芝の増上寺をめざせばよい。
尾けてくる人の気配は辻ごとに代わり、次第に増えていくような気さえした。
気にせずに歩きつづけ、宇田川《うだがわ》町、神明《しんめい》町と通りすぎ、濱松《はままつ》町のなかばで右に曲がる。
夕陽《ゆうひ》を背にして、増上寺の大門が聳《そび》えていた。
右手は長月に生姜《しょうが》祭りの催される芝神明宮《しばしんめいぐう》だ。
桜《さくら》川に架かる大門橋の手前には下馬札《げばふだ》がある。
橋を渡って大門を潜《くぐ》り、左右に宿坊や学寮を眺めながら山門へ向かう。
黒松の松原を抜けると、左手に番所があった。
正面には朱塗りの巨大な楼門が立ちはだかっている。
入口は三つあった。
潜った者は、貪り、怒り、愚かさから解脱できる。

三毒《さんどく》、三煩悩《さんぼんのう》から解きはなたれるべく、この三解脱門《さんげだつもん》へは何度となく足を運んだ。

門内に安置された釈迦《しゃか》三尊《さんぞん》像と十六羅漢《じゅうろくらかん》像にたいして、果てのない禅問答を繰りかえすのだ。

得られるこたえはいつもひとつ、逆境を生きよというものであった。

今は問答している暇はない。

慎十郎は楼門のまんなかを潜りぬけた。

――ごおん。

右手の梵鐘《ぼんしょう》が鳴りひびく。

細見などにも「その声洪大にして遠く百里に聞ゆ」と記される鐘の音だ。

急がねばならぬ。

嘉平に指定されたのは三解脱門ではなく、柵門のほうだった。

真正面に建つ本堂と黒本尊を祀《まつ》る護国殿の脇《わき》を抜け、白蓮《はくれん》池の裏手まで行かねばならない。

長々と尾を曳《ひ》く鐘の音を背にし、慎十郎は脱兎《だっと》のごとく駆けだした。

左手に五重塔を仰ぎつつ、風のように参道を駆けぬける。

弁財天《べんざいてん》を祀《まつ》る池の裏へまわると、簡素な柵門がみえてきた。

いつのまにか、鐘の音はやんでいる。

暮れはてた柵門の周囲に人影はなく、番所にも山同心らしき役人の影はない。

だが、殺気を帯びた大勢の気配は感じる。

「旦那、こっちこっち」

柵門の向こうで、嘉平が手を振っていた。

そちらに気を取られていると、真横の木陰から人影がひとつあらわれた。

「ふふ、来おったな」

声の主は平岩志津馬、北辰一刀流の手練にほかならない。

「誰にも告げず、ひとりで来るとはな。みあげたものだ」

「何が知りたい」

「ひとつはおぬしの素姓、もうひとつは間宮林蔵の行方」

「こたえよう。わしは隠密ではない」

「されど、脇坂中務大輔に仕えておったのであろう」

「親に勘当されて脱藩した。根無し草の素浪人にすぎぬ」

「ならば、何故、間宮を助けた」

「一献かたむけたことがあった。それだけにすぎぬ」

「ほう。ならば、問いを変えよう。罠とわかっておったであろうに、何故、ひとりでのこのこやってきたのだ」

「亀助やおぬしに会えるとおもうてな」

「会ってどうする」

「斬る。理由なんぞ、はなしたくもないわ」

「ふはは、おもしろいやつだな。望みどおり、刀を交えてもよいが、おぬしにはひとつ役目がある」

「何だと」

「どうせ、間宮の居所は吐かぬ気であろう。ならば、間宮を連れてこい」

平岩はそう言い、柵門の向こうを指差した。

嘉平のかたわらに、いつの間にか、女がひとり立っている。

蒼白《そうはく》な顔で後ろ手に縛られ、千筋《せんすじ》の着物の襟は乱れていた。

「あっ」

「やはり、おりくを知っておるようだな。ふふ、間宮が身請証文を書くと約束した腐れ女郎さ」

「くそっ、どうする気だ」

「女郎を助けたかったら夜明けまでに鈴ヶ森へ来いと、間宮によくよく伝えておけ。おぬしひとりだけなら、従いてきてもよいぞ。亀助……いや、会津屋にも会わせようし、わしと一対一で勝負もしてくれよう。ただし、約束を守ったらのはなしだ」

平岩はこちらに背を向けると、柵門のほうへゆっくり歩いていった。

そして、みずから柵を開いて閉め、嘉平とおりくのもとへ向かう。

慎十郎は動かなかった。

いや、動けなかったというべきだろう。

もちろん、夜明けまでには猶予《ゆうよ》がある。

だが、策を練る気力と冷静さは殺がれていた。

十

間宮林蔵は、冷静な口調で言った。

「おりくはもう、生きておるまい」

品川宿の棒鼻《ぼうばな》を過ぎると、漆黒の闇がひろがっていた。

右手には紅葉で有名な海晏寺が建ち、そのさきの大井《おおい》村には延命桜で知られる来福《らいふく》寺もあるはずだが、もちろん、山門はみえない。

風音と波音が錯綜《さくそう》している。

そのわりには、妙に静かだ。

時折、波頭が白い牙《きば》を剝いてくる。

縄手を嘗める海風に煽《あお》られ、着物の裾がはためいた。

間宮は蹌踉《よろめ》きつつも、杖《つえ》に縋ってどうにか耐える。

やはり、たったふたりで来たのは無謀であったのか。

友之進にだけは告げておけばよかったと、慎十郎は後悔した。

間宮は苦しそうに言った。

「まだ夜明けまでは間があるな」

「約束どおり、たどりつけよう。おりくどのは生きておるさ」

「気軽に言うでない。何の慰めにもならぬ」

むっつり押し黙り、ふたりは橋を渡った。

「立会川《たちあい》だ。あと五町（約五百四十五メートル）も歩けば、松林がみえてくる」

松林とは刑場のことだ。

旅人からよくみえるように、晒し場は街道沿いに築かれている。

暗すぎて、何もみえない。

提灯《ちょうちん》など携えていなかった。

だが、刑場に近づいているのはわかる。

浮かばれぬ罪人たちの霊が、瘴気《しょうき》となってわだかまっているからだ。

「会津屋の実弟も、平岩志津馬の仕えた勘定奉行も、鈴ヶ森で首を晒された。わざわざわしをそこに呼んだのは、刑場の露となって消えた者たちの怨念《おんねん》を感じさせるためなのであろう」

「あんたは役目をまっとうしただけだ」

「恨みを募らせた連中には通用せぬ。わしの首を台座に晒すことで、溜飲《りゅういん》を下げたいのさ」

「それでも、行くのか」

「ああ、行かねばならぬ。おぬしを巻きこんで申し訳ないが、面と向かえば勝機を見《み》出《いだ》せるやもしれぬゆえな」

間宮は一縷《いちる》の望みに賭《か》けている。おりくに生きていてほしいという望みも、ほんとうは捨てていない。ならば、懸命に助太刀してみせると、慎十郎は胸に誓った。

やがて、東涯《とうがい》が白みはじめた。

空と海の境界が明確になり、海原は群青色《ぐんじよう》に変わっていく。

鈴ヶ森の刑場は靄《もや》に包まれていた。

白い薄布で覆ったように、はっきりと全貌《ぜんぼう》はみえない。

それでも、台座のうえに首がひとつ晒されているのはわかった。

「……お、おりく」

間宮は杖を捨て、ふらつきながらも駆けていく。

慎十郎もつづいた。

胸の詰まるおもいで台座をみると、晒されていたのは鼻が潰れた男の首だ。

何と、嘉平の生首であった。

間宮はへなへなとくずおれ、慎十郎に助け起こされる。

「ふふ、嘉平は小金を盗みおった。それゆえ、晒し首にしてやったのだ」

後ろの松の木陰から、でっぷり肥えた人影があらわれた。

間宮は目に力を込める。

次第に、靄が晴れてきた。

「会津屋か」

「そうじゃ。間宮林蔵、おぬしには、ずいぶん痛い目に遭わされたわ」

「おりくはどうした、生きておるのか」

「さあな。女郎ひとりの命なんぞ、どうでもよい。わしはおぬしを葬り、今までの人生に区切りをつける。若年寄の関肥後守さまに取り入り、幕府の御用商人となって堂々と朝鮮と交易をするのだ。近いうちに、竹島も買いとる。密貿易をやれば、巨万の富を築くことができる。わしはな、大金の稼ぎ方を知っておる。三井《みつい》も鴻池《こうのいけ》も目ではない。お上とも対等にわたりあってくれるわ。ふふ、公方も大名も注目するようになる。これだけ役に立つ男を野に放っておく手はあるまいとな」

会津屋はおのれの野望らしきものを滔々《とうとう》と語り、松の木陰に身を隠した。

替わりに出てきたのは、平岩志津馬だ。

いや、平岩だけではない。

何処にそれだけ隠れていたのか、大勢の浪人たちが四方から靄を掻き分けてすがたをみせる。

「間宮林蔵よ、こやつらが誰だとおもう」

平岩が叫んだ。

「おぬしのせいで路頭に迷った元藩士たちだぞ。家を失い、家族と生き別れになり、禄を得る当てもなくなった。何年も野良犬同然の暮らしを強いられ、今日までどうにか生きてきた。なかには、辻斬りや辻強盗をはたらいたことのある者もいる。わかるか、おぬしが手柄を焦って余計なことをしたばっかりに、こやつらが刑場を彷徨《うろつ》くことになったのだ」

「言いたいことは、それだけか」

間宮は毅然と応じた。

そのことばが、野良犬どもの怒りに火をつけた。

「ぬわああ」

眸子の吊りあがった連中が、前後左右から襲いかかってくる。

間宮は刀を抜き、ひとり目を袈裟懸けに斬った。

躊躇《ためら》いはない。

慎十郎も宝刀を抜いた。

鮮血がほとばしる。

靄が風に流れ、断末魔の悲鳴が木霊《こだま》した。

台座に晒された嘉平の髪も風に靡《なび》いている。

間宮は三人に囲まれ、窮地に陥っていた。

「ぬおっ」

慎十郎が躍りこみ、瞬く間に三人を葬る。
だが、野良犬どもは怯《ひる》まずに斬りつけてきた。
ざっと眺めただけでも、その数は五十を超えていよう。
多勢に無勢で、危うい情況はあきらかだ。
「逃げてくれ。おぬしひとりなら逃げられる」
間宮が懇願してくる。
「莫迦《ばか》たれ、逃げられるか」
慎十郎は怒鳴り、またひとり斬った。
斬らねば自分が屍骸《むくろ》になるだけだ。
生きるためには闘わねばならない。
が、さすがの慎十郎も息を切らしはじめた。
――ばっ。
後ろから背中を浅く斬られる。
振りむきざまに斬りさげたが、相手は倒れない。
白刃に血脂が巻き、着物の表面を滑ってしまう。
何人も斬ればこうなるのだ。

刃こぼれもひどいので、寝刃《ねたば》を合わせねば刀は用をなさない。

「ぬおっ」

慎十郎は頭突きを喰《く》らわせ、相手の刀を奪った。

奪った刀でふたりを斬り、刀身が曲がったことに気づく。

「鈍刀め」

ざくっと、左肩を斬られた。

耳鳴りがして、波音が襲いかかってくる。

「慎十郎、慎十郎……」

誰かの呼ぶ声が聞こえてきた。

振りむけば、台座のうえに安董の首がある。

「……耐えよ、あと少しじゃ」

首を左右に振ると、幻は消えた。

遠くのほうから、蹄《ひづめ》の音が聞こえてくる。

それも幻聴かとおもったが、蹄の音はあきらかに近づいてきた。

――どど、どどど。

しかも、一頭や二頭ではない。

土煙を巻きあげ、騎馬の群れが押しよせてくる。
「援軍だ」
間宮が叫んだ。
どうやら、友之進にはなしを通してあったらしい。
野良犬どもは混乱しはじめた。
先頭の鹿毛に乗っているのは、赤松豪右衛門にほかならない。
鎧《よろい》こそ着けておらぬが、塗りの陣笠《じんがさ》に火事羽織を羽織っている。
「それっ、謀反人どもを成敗せよ」
軍配をひるがえす雄姿は、安董が憑依《ひょうい》したかのようだった。
群がっていた野良犬どもが、一斉に離れていく。
慎十郎は研ぎ石を取りだし、藤四郎吉光の寝刃を合わせはじめた。

十一

鈴ヶ森を大きく囲んだのは、赤松豪右衛門みずから率いる龍野藩の騎馬隊であった。
少し遅れて、友之進に統率された筒組が到着すると、戦闘の趨勢《すうせい》は定まり、野良犬どもは尻尾《しっぽ》を丸めておとなしくするしかなかった。

「平岩志津馬、一対一で勝負しろ」

慎十郎が大声を張りあげると、敵も味方もしんと静まった。

平岩はあらぬ方角からあらわれ、悠然と近づいてくる。

「一対一の勝負か、ふん、望むところだ」

大将同士の決戦、勝敗の行方は敵味方の士気を左右する。

それがわかっているだけに、誰もが固唾《かたず》を呑んで見守った。

「毬谷どの、大丈夫か」

間宮は怪我の心配をしたが、斬られた傷の痛みはない。

平岩志津馬の力量については、千葉周作の高弟でもある森要蔵から少しばかり聞いていた。

ひとことで言えば、四天王を越えるほどの腕前らしい。

ことに、左片手突きで咽喉を狙う「抜突《ぬきつき》」は、千葉でも容易に躱せぬ技だという。

もちろん、返し技を旨とする雖井蛙流には、北辰一刀流への返し技も数多くあった。

が、慎十郎は相手の奥義や対応の仕方を反芻《はんすう》などしない。

おのれを明鏡止水《めいきょうしすい》の境地に導き、ただ、無念無想の一打を繰りだすのみである。

形でも技でもない。感じることが奥義なのだと、一徹も教えてくれたではないか。

「太刀のぴかりとするところへ、初一念を直ぐに打込むべきなり」

慎十郎は『柳生流新秘抄』の一節を、口のなかでもごもご唱えた。

「念仏でも唱えておるのか」

平岩は腰を落とし、すっと刀を抜きはなつ。

慎十郎も呼応し、研いだばかりの愛刀を抜いた。

「ほほう、腰反りの強い名刀だな」

「おぬしを斬っても、刀の錆《さび》にしかならぬ」

「ふん、若造のくせに、減らず口をたたきよる。もしや、それもこっちを動揺させる策のひとつか」

「策など弄《ろう》せずとも、おぬしには勝てる」

「抜かせ、若造」

平岩は猛然と迫り、三間の間合いから踏みこんできた。

青眼から突きに転じ、これを躱すや、右八相から袈裟懸けに出る。

――きいん。

弾いた瞬間に火花が散り、両手に強烈な痺れが走った。

さらに、水平斬りを肋一寸で躱し、上段打ちを弾いてみせる。
連続技を繰りだすほうも受けるほうも、息ひとつ切らしていない。
「つぎの一手で決める。地獄へ堕《お》ちろ、とあっ」
平岩は大股《おおまた》で繰りだし、ふたたび、結界を破ってきた。
上段打ちとみせかけ、右手を柄からぱっと放す。
左片手一本での突き、得意の抜突にまちがいない。
切っ先がくんと、咽喉許《のどもと》に伸びてくる。
慎十郎には、太刀の動きが止まってみえた。
躱しもせず、刀身を寝かせてすっと横に払う。
平岩の驚いた顔も把握できたし、咽喉仏に亀裂《きれつ》がはいったのもわかった。
ぱっくり開いた傷口から、夥《おびただ》しい鮮血が噴きだしてくる。
鮮血さえもが止まってみえ、真紅《しんく》の花弁となって頭上に舞いはじめた。
紛うことなき「花散らし」にほかならない。
一徹に教わった丹石流の奥義で、平岩志津馬を葬ってやったのだ。
「わあああ」
味方の歓声が沸きあがるなか、慎十郎は血振りを済ませた。

納刀しながら、松の木のほうへ向かう。
間宮も足を引きずり、背に従いてきた。
会津屋八右衛門が何事かをつぶやきながら、松の木の根元を掘っている。
素手で一心不乱に穴を掘るすがたは、物狂いにでもなったかのようだった。
「ぬひゃひゃ、あったぞ……」
土のなかから掘りだしたのは、黄ばんだ髑髏《されこうべ》である。
名を呼んでいるところから推すと、実弟の髑髏であろうか。
「……よう死んでくれた。わしのために、よう死んでくれたなあ」
会津屋は髑髏の頭を慈しむように撫《な》でまわし、右手を懐中に突っこんだ。
匕首《あいくち》を抜くや、微塵《みじん》も迷わず、みずからの咽喉を掻き切ってみせる。
会津屋八右衛門は、髑髏を抱くように死んでいった。
そのときだ。
はらはらと、頭上に松葉が落ちてきた。
「あっ」
振りあおげば、紅襦袢《べにじゅばん》一枚の女が宙吊りにされている。
松の太い幹に荒縄で結びつけていたのだ。

「おりく」

間宮が叫んだ。

「……ぬぐ、ぐぐ」

猿轡《さるぐつわ》を嵌《は》められており、叫ぶこともできない。

だが、おりくは生きている。死なずにいてくれたのだ。

縄を弛《ゆる》めて地に下ろすと、おりくは薄目を開けた。

猿轡を外した途端、ぽろぽろと涙を零《こぼ》す。

「……お、おまえさん……す、助《す》けにきてくれたんだね」

「喋るな、おりく。今、水を呑ませてやるからな」

「……あ、ありがとう……お、おまえさん」

間宮は泣きながら、竹筒の水を口移しで呑ませてやった。

おりくは息を吹き返し、間宮の腕にしがみついてくる。

ほんとうによかったと、慎十郎はおもった。

おりくが死なずに生きていたのは、神仏のお蔭《かげ》というよりほかにない。

生き残った野良犬どもは項垂《うなだ》れたまま、ひとりずつ刑場から離れていく。

豪右衛門は敢《あ》えて、配下に追討を命じなかった。

眸子から生気の消えた者たちを縄目にしたところで詮無いはなしだ。

波音が浮かばれぬ者たちの嘆きに聞こえた。

善悪の差は紙一重、かならずしも善人が生き残るとはかぎらない。

鈴ヶ森から瘴気が消えることはなかろう。

慎十郎は処罰された者たちの怨念に背を向けた。

十二

閏月《うるうづき》の終わりに大御所家斉の死が公表され、千代田城のみならず江戸じゅうが喪に服した。それから数日後、桜の蕾《つぼみ》がほころびはじめたころ、青山久保《あおやまくぼ》町の青原寺《せいげんじ》において脇坂中務大輔安董の葬儀がしめやかにおこなわれることとなった。

脇坂家の菩提寺《ぼだいじ》である青原寺は曹洞《そうとう》宗の禅寺、越中国《えっちゅうのくに》の永平《えいへい》寺を大本山とする。

雲水たちは厳しい戒律のもと、面壁九年ののちに手足を失った達磨《だるま》大師に範を求め、黙然と壁に向かって座禅を組む。禅問答もおこなわず、ただひたすら座禅に打ちこむ。

――只管打坐《しかんたざ》
それが開祖道元《どうげん》の唱えた禅の境地だ。

悟りも求めず、仏に近づこうとも考えず、座禅を組むすがたこそが仏であると説く。安董も道元の教えに感化されていたにちがいない。

巧みな弁舌ではなく、眼差しや背中で語ってみせた。

安董のすがたをおもいだすと、慎十郎は胸を締めつけられた。

「殿……」

憲法黒の羽織袴を着け、弔問客《ちようもん》を迎える藩士たちの末席に列座している。

喪主の大役を担う安宅《やすおり》は齢《よわい》三十三、正室の子ではなく、部屋住み暮らしが長かった。そのぶん、苦労も知っている。家督を継いでも驕《おご》ることはなく、禅に通じる父の教えを守ってくれることだろう。

一見すれば、理知に長《た》けた殿さまであることはわかった。

重臣の筆頭である赤松豪右衛門が以前より若々しくみえるのも「身命を賭《と》して安宅公をお守りするのだ」という決意を漲《みなぎ》らせているからだ。

その豪右衛門より、慎十郎は密命を下されている。

——若年寄、関肥後守を成敗せよ。

安宅は知らない。

もちろん、肥後守本人も知らない。

青原寺の山門までたどりつけぬことなど、知りえようはずもなかろう。

魚行きて水濁るの喩《たと》えどおり、どれほど綿密に練られた悪巧みも隠しとおすことはできない。

ただし、白洲《しらす》で裁くことのできるはなしではなかった。

幕政を司る若年寄ともあろう者が、保身のために大御所家斉に毒を盛った。

そのような事実が世の中に知れわたれば、幕府の沽券《こけん》は地に堕ちる。

誰にも気づかれず、肥後守を一瞬で消し去らねばならない。

それができるのは、毬谷慎十郎しかいなかった。

——ごおん。

朝の四つ（午前十時頃）を報《しら》せる鐘が鳴った。

もうすぐ、弔問《ちょうもん》客たちがやってくる。

赤松豪右衛門が、上席のほうからうなずきかけてきた。

慎十郎は末席から離れ、誰にも気づかれずに本堂から出ていく。

——看脚下《かんきゃっか》
禅寺の玄関にはたいてい、太い墨字で書きつけられた扁額《へんがく》があった。

いかなるときも、みずからの足許を冷静にみつめる余裕を持たねばならぬ。

まったく教えのとおりだなと、慎十郎はおもう。

過度の緊張は戒めねばならぬし、血気に逸《はや》って的を外せば元も子もない。

さすがに若年寄の行列だけあって、駕籠《かご》を守る従者も多かろう。

闇雲に斬りこんでも、従者の壁に阻まれるだけのはなしだ。

慎十郎は山門から外へ出た。

青山大路を挟んで向かいには、梅窓院《ばいそういん》の杜《もり》がみえる。

南西に延びる大路の両脇は与力や同心の住む百人町で、毎年お盆になると「星灯《ほしとう》籠《ろう》」と呼ばれる竹竿《たけざお》灯籠が無数に立てられた。

今は灯籠もなく、人通りも少ない。

重臣たちの参列が近づくと、徐々に見物人も増えてきた。

葬儀への参列とはいえ、老中や若年寄のまとまった行列をみる機会は少ない。

めずらしい光景には、かならず、野次馬どもが集まってくる。

沿道の群衆が隠れ蓑《みの》となって、刺客の影を隠していた。

慎十郎は羽織袴を脱ぎ、垢《あか》じみた着物に着替えている。

腰には家斉公から父が賜った藤四郎吉光を差していた。

「これも因縁か」

家斉の念が籠《こ》もった刀で、肥後守を成敗するのである。

蒼天はにわかに掻き曇り、あたりは夕暮れのように薄暗くなった。

気づいてみれば、沿道には見物人たちがぎっしり詰まっている。

やがて、赤坂のほうから先頭となる駕籠の一行がやってきた。

差物は控えているものの、道具や陣笠には井桁《いげた》の家紋がみえる。

彦根《ひこね》藩井伊《いい》家の大老、掃部頭直亮《かもんのかみなおあき》の一行であろう。

さらに、遠江国掛川《とおとうみのくにかけがわ》の太田備後守資始《おおたびんごのかみすけもと》、下総国古河《しもうさのくにこが》の土井《どい》大炊頭利位《おおいのかみとしつら》、下総国佐倉《さくら》の堀田備中守正篤《ほったびっちゅうのかみまさひろ》、越前国鯖江《えちぜんのくにさばえ》の間部下総守詮勝《まなべしもうさのかみあきかつ》、上野国館林の井上河内守正春《いのうえかわちのかみまさはる》と、老中駕籠の一行が長々とつづく。

西ノ丸老中の間部下総守は、家斉に気に入られて出世した大名のひとりだ。水野越前守忠邦の施策に抗《あらが》う急先鋒《きゅうせんぽう》でもあり、家斉の後ろ盾を失ってからは針の筵《むしろ》に座らせられている。

一方、井上河内守は貧乏籤《くじ》を引かされた大名と言ってもよかろう。密貿易が発覚した松井松平家が石見国浜田から陸奥国棚倉へ懲罰転封された際、棚倉から館林への移転を命じられた。それまで館林を治めていた越智松平家の松平武厚《たけあつ》が浜田へ移転し、三方領地替えの成立となったが、井上家は便利な手駒にされた感が否めなかった。

行列を眺めているだけでも、何か因縁めいたものを連想せざるを得ない。

だが、慎十郎は見物人のなかに紛れ、すべての雑念を捨てようとしている。

いよいよ、若年寄の駕籠がやってきた。

老中よりも、さらに若年寄の数は多い。

友之進によれば、十人もいるという。

伊勢国長島《ながしま》の増山河内守正寧《ましやまかわちのかみまさやす》、駿河国田中《するがのくにたなか》の本多遠江守正意《ほんだとおとうみのかみまさおき》、信濃国飯田《しなののくにいいだ》の堀大和守親審《ほりやまとのかみちかしげ》、信濃国飯山《いいやま》の本多豊後守助賢《ほんだぶんごのかみすけとし》、武蔵国岩槻《むさしのくにいわつき》の大岡主膳正忠固《おおおかしゅぜんのかみただかた》、下野国佐野《しもつけのくにさの》の堀田摂津守正衡《ほったせっつのかみまさひら》、上野国小幡《おばた》の松平玄蕃守忠篤《まつだいらげんばのかみただあつ》、安房国北条《あわのくにほうじょう》の水野壱岐守忠貫《みずのいきのかみただぬき》、信濃国高遠《たかとお》の内藤大和守頼寧《ないとうやまとのかみよりやす》、そして、伊勢国の小藩を治める関肥後守忠清と、名前を羅列するだけでも気が遠くなりそうだ。

しかも、参じる順番はわかっていない。

老中のほうでも、肝心の老中首座である水野越前守の一行は、まだすがたをみせていなかった。

指標となるのは「丸に揚羽蝶《あげはちょう》」の家紋である。

慎十郎は身を乗りだし、若年寄たちの行列を睨みつけた。

「揚羽蝶、揚羽蝶……」

行列を九つやり過ごし、見過ごしたのではないかと不安になる。

突如、揚羽蝶が閃いたのがみえた。

若年寄のしんがり、十番目に関肥後守の行列がやってきたのだ。

殿さまを乗せた網代《あじろ》駕籠は一挺《ちょう》、従者の数は五十人を超えているが、駕籠の周囲を固める精鋭の数は十六人だった。前後に四人ずつ、左右に四人ずつ、駕籠の横っ腹を襲うとすれば、四人をどうにかすればよい。

さすがに精鋭だけあって、駕籠脇の従者たちは柄袋《つかぶくろ》を外している。

あれならば、賊に乱入されても、すぐに刀を抜きはなつことができよう。

だが、慎十郎に迷いはない。

すでに、黒い布で頬被《ほおかむ》りをしていた。

参道脇で屈んで待ち、じっと息を殺す。

駕籠に注目しているので、誰も気づいていない。

一行の先頭が通りすぎ、眼前に駕籠の横っ腹がみえた。

今だ。

機を逃さず、地を蹴った。

往来に舞いおり、さらに飛ぶ。

従者たちは仰《の》けぞり、呆気にとられた。

おそらく、黒い風が駆けぬけたとおもったであろう。

「……く、くせもの」

手で柄を握ったとき、慎十郎の抜いた藤四郎吉光は駕籠を串刺《くしざ》しにしていた。

「ぐひぇっ」

聞こえたのは、蟇《がま》が潰れたような悲鳴だ。

慎十郎が刀を引き抜くや、駕籠は粉塵《ふんじん》とともに倒れた。

横倒しになった駕籠から、血だらけの肥後守が這いでてくる。

鶴のように伸びた首を、慎十郎は猛然と薙《な》ぎあげた。

「うわっ」

叫んだのは従者であったか、野次馬であったか、それとも、本人であったか、それすらもよくわからない。

宙高く飛んだ生首は遥《はる》か後方の挟み箱持ちの箱に当たり、往来をごろごろ転がった。

と、そこへ、最後尾から水野越前守の一行がやってきた。

周囲が騒然とするなか、越前守は駕籠から降り、肥後守の生首と対面したのである。

「……なるほど、おぬしであったか」

越前守忠邦は、意味深長にうそぶいたらしい。

だが、その声は密命をやり遂げた刺客の耳には届いていない。

慎十郎はこのとき、喪服に着替えて本堂の敷居をまたいでいた。

青原寺に響く読経《どきょう》は荘厳《そうごん》で、参列するひとびとの涙を誘ったという。

さきほどまでの曇天は嘘のように晴れわたり、本堂の甍《いらか》は陽光を浴びて眩《まばゆ》いばかりに煌《きら》めいていた。

はたして、安董の無念は晴れたのだろうか。

入滅した者の気持ちなどわかるはずもない。

――只管打坐
慎十郎は壁に向かって瞑目し、わずかでも無に近づけていけたらと願った。

十三

七日後。

上野山や墨堤の桜は見頃《みごろ》を迎え、ひとびとの気持ちは浮きたっている。

お玉ヶ池の玄武館においては、剣の道を志す者ならば誰もが刮目《かつもく》する申し合いがおこなわれようとしていた。

受けるのは玄武館総帥《そうすい》の千葉周作、挑むのは毬谷慎十郎である。

見物席は立錐《りっすい》の余地も無く、最前列には雄藩の重臣たちのすがたもあった。

男谷道場の男谷精一郎、士学館の桃井春蔵《もものいしゅんぞう》、伊庭《いば》道場の伊庭軍兵衛《ぐんべえ》といった名だたる道場主たちも顔を揃《そろ》え、柳生家第十代当主にして公儀剣術指南役の柳生但馬守俊章《たじまのかみとしあきら》までがお忍びでやってきた。

そして、錚々《そうそう》たる面々のまんなかには、丹波一徹と孫娘の咲が並んで座っている。

何故、千葉が慎十郎の挑戦を受けたのか。

それは、慎十郎が平岩志津馬を斬ったからである。

一時ではあったが、平岩は千葉の高弟だった。免状も与えている。四天王をも凌《しの》ぐと評された力量を認めたからこそのことだ。藩ぐるみの密貿易に連座して野に下ったが、そのようなことは与りしらず、破門したわけではない。いくら悪事に手を染めても、破門されないかぎりは千葉の門弟にほかならなかった。

ならば、師として門弟の仇を討たねばならぬ。

そんな理由があったかどうかは、千葉本人しか知らない。

少なくとも、道場に集まった見物人たちのなかに知る者はいなかった。

いや、赤松豪右衛門と石動友之進、そして間宮林蔵の三人だけは、もしやとおもっていたのかもしれない。

ともあれ、千葉の顔つきはいつになく真剣で、近寄り難いほどの覇気を放っていた。

「寸止めの一本勝負にござる」

行司役は練兵館総帥の斎藤弥九郎である。

酒樽《さかだる》のような巨体を揺らし、壁が震えるほどの大声を張りあげた。

「双方、前へ」

挑む慎十郎がさきに進み、受けてたつ千葉があとにつづく。

ふたりとも、白い胴着に濃紺の袴を着けていた。

額には白鉢巻きを締め、三尺八寸の竹刀を左手に提げている。

対面してたがいに立礼を交わすと、すっと竹刀を相青眼に構えた。

「はじめい……っ」

斎藤の号令とともに、目と目が火花を散らす。

慎十郎に気負いはない。

今までは、千葉に勝てば日の本一の剣士として認められるとおもっていた。

だが、そうした野望や欲があるかぎり、まともな勝負はできぬことを悟った。

何も考えず、ただ無心に闘う。

――太刀のぴかりとするところへ、初一念を直ぐに打込むべきなり。

もちろん、竹刀に輝きはない。

だが、千葉の握る竹刀は真剣にみえた。

稽古の間合いではなく、真剣の間合いで踏みこまねば勝機はない。

それだけはわかっている。

焦《じ》れたほうが負けだ。

それもわかっている。

ただ、慎十郎に待つ気はない。相手に合わせるつもりもない。

みずからの五体に気が満ちたとき、引きしぼった強弓から矢を放つように突出していけばよかろう。

「くお……っ」

丹田のあたりから気合いの塊が迫りあがり、大きく開いた口からほとばしった。

千葉は仰けぞる。

それが誘い水となり、慎十郎はまっすぐ突きこんでいった。

形もなければ、技もない。

相手を呑みこむ勢いで迫り、感じるがままに刀をふるう。

慎十郎はみずからも真剣を握っている錯覚を抱いていた。

千葉はおそらく、竹藪から野獣でも飛びだしてきたと感じただろう。

常識破りの間合いに戸惑いつつも、どうにか一撃を受けとめた途端、慎十郎に圧《お》されて壁際まで後退していった。

「ぬわっ」

何とか踏みとどまり、鬼のような気合いで撥《は》ね返す。

慎十郎は攻めずに身を離し、三間の間合いを保った。

たった一合交えただけで、ふたりとも玉の汗を掻いている。

「きえっ」

今度は両者ともに気合いを発し、真っ向から激突していった。

木っ端が四散し、ふたつの竹刀が逆さに撓《しな》る。

まるで、火の玉がぶつかったかのようだった。

見物人は拳を固め、おもわず身を乗りだす。

咽喉はからからに渇き、瞬きひとつできない。

そんな闘いが、半日近くもつづいたのである。

名人同士が果てもなく将棋を差しあう千日手のように、いつまで経っても勝負は尽きそうになかった。ついに、行司役の斎藤が「待った」を掛け、両者の申し合いを預かりとすることに決めた。

もちろん、この日の闘いは後世まで語り継がれることになるであろう。

誰よりも、そのことを喜んだのは、千葉自身であったかもしれない。

心と技の合一がなければ、剣聖と称される自分と互角にわたりあえるはずはない。

自分の見込んだ若者が予想を超えて成長してくれたことに、千葉周作は感動さえおぼえたらしかった。

ずっと後年になり、慎十郎は一徹からそのことを聞いた。

もちろん、今は師と定めた相手の心中など知る由もない。

一方、一徹と咲も涙が出るほど喜んだものの、咲のほうは塩《しょ》っぱい悔し涙も混じっていた。

「松は直《なお》く、棘《いばら》は曲《ま》がれり。慎十郎よ、あるがままに生きよ」

千葉周作は禅の教えになぞらえ、はなむけのことばを贈ってくれた。

松も棘もそれがあるべきすがたゆえ、みずからの姿勢を恥じず、あたりまえのこととして貫くがよい。

「修行を重ねよ。命尽きる瞬間まで、おのれを鍛えつづけよ」

慎十郎は千葉のことばを肝に銘じ、ふたたび、旅に出る決意を固めたのだ。

「何処へ向かう」

旅立ちの朝、一徹はめずらしく未練がましい目で問うてきた。

「故郷の龍野へ向かいます」

慎十郎はきっぱりとこたえた。

故郷の父に再会し、藤四郎吉光を返そうとおもう。

「ふむ、それがよい」

一徹は大きくうなずき、餞別《せんべつ》に摩利支天のお守りを授けてくれた。

咲は別れを惜しんでか、いっこうに外へ出てこなかった。

そして、ようやくあらわれたとき、咲は旅仕度を整えていた。

「わたくしもお供いたします。龍野まではよいとしても、そのさきは刀が無くなったら不便にござりましょう」

ふっと微笑《ほほえ》む顔が愛らしい。

一徹もわかっていたようだった。

孫娘との別れを惜しみ、目を潤ませていたのだ。

「お祖父《じい》さま、行ってまいります」
咲は茶筅髷《ちゃせんまげ》の頭を深々と下げ、後ろもみずに歩きだす。
慎十郎もその背につづいた。
後ろを振りむかず、ひたすら前を向いて歩こう。
ふたりの頭上には、桜の花びらが舞っていた。
曙光《しょこう》に煌めく蒼天《そうてん》には一朶《いちだ》の雲もない。
澄みわたった空をも突きぬけるほどの声で、一徹が叫んでいる。
「あっぱれ、毬谷慎十郎」
熱い声援を背中で聞きながら、慎十郎は滂沱《ぼうだ》と涙を流していた。
今よりもっと強くなって、かならず戻ってまいります。
胸の裡《うち》で繰りかえし、愛《いと》しい相手の背中を追いかける。
咲は早足でどんどん進み、花吹雪の向こうに遠ざかっていった。

（了）

時代小説文庫
さ 20-7

葉《は》隠《がくれ》の婿《むこ》 あっぱれ毬谷《まりや》慎十郎《しんじゅうろう》㈦

著者 坂《さか》岡《おか》 真《しん》
2019年2月18日第一刷発行

発行者 角川春樹

発行所 株式会社 角川春樹事務所
〒102-0074 東京都千代田区九段南2-1-30 イタリア文化会館

電話 03(3263)5247[編集] 03(3263)5881[営業]

印刷・製本 中央精版印刷株式会社

フォーマット・デザイン&シンボルマーク 芦澤泰偉

ISBN978-4-7584-4231-2 C0193
http://www.kadokawaharuki.co.jp/[営業]
fanmail@kadokawaharuki.co.jp[編集] ご意見・ご感想をお寄せください。
本書は、ハルキ文庫(時代小説文庫)の書き下ろし作品です。